桃花扇註

（上）

梁啓超任公著

中華書局印行

桃花扇註

上冊

目　錄

一

目錄

下冊

二

目　錄

三

桃花扇註（上）

一　著者略歷及其他著作

桃花扇的著者云亭山人姓孔名尙任字季重號東塘又號岸堂山東曲阜人孔子六十

四代孫清康熙間官至工部員外郎

他沒有什麼年譜家傳墓志銘等類流傳下來並時名人的文集筆記提到他的也不多

所以我們想研究他一生事蹟材料很苦缺乏他著有湖海樓集但我未得見只有昭代

叢書裏頭收著他所著的一部出山異數記專記清聖祖東巡時他所受的知遇雖不過

他全生涯中一小段落我們也還可以從那裏得著些別方面的資料來

我們知道他生於清順治五年還知道他的生日是九月十七日據出山記所說康熙二

十三年他三十七歲循此上推知道他的生年是順治五年卽西曆一六四八本書末齣

餘韻裏頭老贊禮道白云

『今乃戊子年九月十七日是福德星君降生之辰我到神祠祭賽。』

桃花扇註（上）

一

底下神絃曲的歌詞云．

「新曆數順治朝五年戊子九月秋十七日嘉會良時……我與爾較生辰同月同日……」

本書中的老贊禮爲云亭自己寫照．原本眉批上早已說過——眉批是云亭經月寫定的．可見云亭是和財神老同一天生日．餘韻那一齣原本在題目下注『順治戊子九月』字樣當然是借來點出自己的生年月日了．

他的卒年無可考但本書卷首有戊子三月一序戊子爲康熙四十七年云亭六十一歲了．因此我們知道他最少也壽過六十．

云亭山人——本作「雲亭」「云」乃「雲」之古文——這箇號是從所居之地而得的出山記說．

「任以魯諸生讀書石門山中山在少昊陵直北四十里古曰雲山……多洞壑及清泉佳木相傳古之晨門吏隱於茲唐張叔明亦魯諸生也卜宅其麓杜子美有訪張氏隱居詩又有與劉九法曹鄭瑕丘石門晏集詩李太白亦有魯城東石門送杜甫詩皆其處也任誅茅壘石結廬其中有年」

他「雲亭」這箇號大概是取自古之雲山了．讀這一段可見他從小性情恬逸就樂幽靜的自然之美又常有「望古遙集」之思．

二

他頭一部著作是孔子世家譜十卷，我家裏藏有胎印朱本，查卷數蓋衍聖公滿漢文大

印題

『太子少師六十七代襲封衍聖公孔毓圻鑒定，』

可見這書是雲亭一手著成的了，據出山記說康熙壬戌（二十一年）春間孔毓圻把

他從石門山請出來，委以此事到甲子（二十三年）秋間纔編成這部書大部分是漢

以後孔家的傳記譜牒，我們只看見他搜羅宏富，不能知其別裁何如但專就卷一的孔

子年譜看取材極嚴，對於識緯及僞家語僞孔叢所記全部屏棄，對於史記孔子世家也

訂正許多錯誤，在考證學未盛行以前，如此潔淨精到的著作也眞算能可貴了。

子弟秀者七百人教以禮樂』本書第一齣說『可詠可歌正雅頌豈無庭訓』可見他

云亭又夙精音律當修家譜的兩年間，一面『董督工師重造樂器及祭器』『選鄒魯

的音樂是很自負了。

他把家譜和樂器都編製成功，正想還山恰值清聖祖東巡謁孔林，族人又留他襄祀事，

禮成之後聖祖又命『在孔氏子弟中選取博學能讀書人員撰次應講經義進呈』族

中推出兩人，云亭居首，他進講稱旨，極蒙溫獎聖祖參觀庭陵古蹟，他隨侍應對博贍翔

實聖祖回京，卽超擢他以一諸生授國子監博士，是爲他入官之始，實康熙三十二年甲

子十二月初一日。出山異數記卽紀載此事始末。本書第一齣先聲題『康熙甲子八月

』字樣想是含有紀念他造樂器告成的意思

以後他由國子監博士轉戶部主事又升工部員外郎升轉年月難確考了。但知道他做

戶部主事係在康熙二十七年十月以前。因爲昭代叢書裏頭還有一部人瑞錄卽那年

各省七十以上的長壽人民統計表係他在戶部時著的。又據始末漫述知道他以康熙

三十九年四月棄官。他的更隱生涯大概前後凡十五年

這十五年的生涯怎麼樣呢。他雖以「異數」得官聲華籍甚。卻不肯往熱路上趕。依然

是石門山中窮書生的面目。他自述道

『僑寓在海波巷裏。

掃淨了小小草堂藤牀木椅。

窗外見竹影蘿陰濃翠如滴。

偏暎著瀟灑葛裙白紵衣。

雨歇後湘簾卷起。

受用些清風到枕涼月當階。』

（小忽雷傳奇卷首題詞）

他雖淡於榮利。卻生成有好古之癖。

四

「喜的是殘書卷愛的是古鼎彝。

月俸錢支來不勾一朝揮」（同上）

他收藏古董很不少，內中最有名的是唐朝古樂器「小忽雷」這件樂器的來歷。南部

新書樂府雜錄裏頭曾有記載但歷代詞人墨客久已不知此物尚在人間了。康熙三十

年云亭做戶部主事時無意中得著他桂未谷（馥）晚學集記其事云

「唐文宗朝韓滉伐蜀得奇木製為胡琴二名曰大小忽雷女官鄭中丞善其小者。

以匙頭脫送崇仁坊南趙家修理「甘露」之變不復問中丞以忤旨縊投於河權

德與舊吏梁厚本在昭應別墅援而妻之因言小忽雷在南趙家使厚本以歸花

下酒酣彈數曲有黃門放鷂子牆外竊聽曰「此鄭中丞琵琶聲也」達上聽宣召

赦其罪康熙辛未孔農部東塘於燕市得之。……下有「小忽雷」篆書欸銀字項

有「臣混手製恭獻建中辛酉春」正書十一字。……東塘有客樊稷能彈之言忽

雷本馬上樂又名二絃琵琶調多不傳今但知黃鐘變調耳」

云亭亦自記云。

「唐文宗朝兩忽雷。……康熙辛未予得自燕市乃其小者質理之精可方良玉雕

鏤之巧疑出鬼工今八百餘年矣頻經喪亂此器徒存而竟無習之之入俗藝且然

傷哉後之欲聞韶樂者」（見小忽雷傳奇卷首）

他正在發感慨說『無智之之人』呵呵不久也有了。他又記道。

「郫城樊花坡彈琵琶得神解偶示以小忽雷入手撫弄如逢故物自製商調梧桐

雨霜砧二曲碎撥零挑觸人秋思」（同上）

風雅的云亭山人歡喜可想了他當時做得兩首絕句道

「向風塵拾得這稀奇貨」（小忽雷傳奇第六齣原句）

「古塞春風遠空營夜月高將軍多少恨須是閒檀槽」

「中丞唐女部手底舊雙絃內府歌筵罷淒涼九百年」

忽雷已是稀世尤物加以南部新書等書所記故事尤饒有詩趣這位「歷史戲劇家」

小忽雷傳奇成於康熙三十三年甲戌（據桃花扇顧序）是云亭和他的朋友無錫顧

云亭山人便捉得一箇絕好題目做成一部小忽雷傳奇山人的作曲事業始此

天石合譜的卷首鏡莽居士敘云

「於是孔門星座立傳周詳顧氏仙才填詞雅秀。」

桃花扇始末漫述亦云

「前有小忽雷傳奇一種皆顧子天石代予填詞。」

可見此書詞曲大半出天石手筆了。天石號夢鶴居士桃花扇卷首第一篇序便是他所

作後來改製南桃花扇的也是他。

小忽雷全部結構和科白當然是「立傳周詳」的云亭山人一手做成了。那書全部四十齣分上下兩卷以梁厚本鄭盈盈二人姻緣離合為線索穿插歷史上事實把元和、長慶、太和間大事──如平淮蔡、「甘露」之變等都作為背景當時人物如大臣中之權德輿裴度李訓鄭注文人中之白居易劉夢得元稹柳宗元宦官中之梁守謙仇士良歌妓中之杜秋娘等皆拉著上場尤為有趣的是把梁厚本硬派做梁守謙的姪兒把鄭中丞（盈盈）硬派做鄭注的妹子總之云亭作曲不喜取材於小說專好把歷史上實人實事加以點染穿插令人解頤這是他一家的作風特長的技術這種技術在小忽雷著手嘗試到桃花扇便完全成熟

小忽雷的詞曲云亭全讓美於顧夢鶴夢鶴卻不肯純居其功夢鶴桃花扇敍云
『猶記葳在甲戌先生指署齋所懸唐朝樂器小忽雷令余譜之一時刻燭分箋疊鼓競吹覺浩浩落落如午夜之聯詩……』

可見當時實兩人合譜科白曲文都是以「分箋聯句」的作法互相補助很難確指某部分為誰氏所作所以小忽雷除全部結構出云亭手外其曲文我們也應該認云亭搭有份子在裏頭今將全劇最精彩的一齣──第二十三齣秋宮撥怨摘錄數節如下

檀郎靚面難親熱
好一似夢迷離月被雲遮

待近身未語先嗚咽．
這時節偷轉雙睫．
眉鎖千疊．
心繫百結．
腸又摧裂．
那旁人縱是不和鐵．
也須搵不盡衫襟血．
他那裏正難決．
我這裏又遭滅．
怕這一番相逢斷送了他少年也．——（烏夜啼）

「荒雞夢冷深深夜．
沒意緒轉傷嗟．
照人愁只有那朦朧月．
靜悄悄鍼剪歇．
悶騰騰理衣褶．
撲簌簌淚滿頰——（罵玉郎）

『甚日裏檻鳳離車囚鸞遇赦.

俺把這歌扇兒停舞衫兒脫梅妝兒卸.

又則怕東君去意決.

玉貌易衰歇.

生爲永巷妾死葬玉鈎斜.

魂帶杜鵑血——(感皇恩)

『……你看玉墀下多隙葉.

長門內少明月.

苦茵上沒些熱.

羅襪裏濕半截.

長夜漏滴不竭.

冷螢火明復滅.

嚇得我髮凜凜似鬼挟.

心遲遲像蟲齧.

一陣陣暗風颺.

一點點細雨撒.

那奸宦正饒舌.

怕君王後分別.

俺生死關頭只爭今夜.

這便是做宮人伏侍君王的活罪業——（黃庭尾）

依我個人的評判小忽雷詞曲之美實比桃花扇還勝一籌他的好處在不事雕琢純任自然無一錘釘之句無一強壓之韵眞如彈丸脫手春鶯囀林流麗輕圓令人色授魂與清朝劇本總該推他第一了就這一點論恐怕還是顧夢鶴的天才特絕云亭已隔一層了.

試一齣　先聲

小忽雷傳奇在當時唱演像很盛行但不聞有刻本乾嘉以後小忽雷原器展轉入於劉燕庭（春海）之手燕庭復抄得傳奇原譜校藏於味經書屋其後燕庭嫁女於華陽卓氏用作粧奩宣統二年劉葱石（世珩）連器帶譜從卓家購得拿精校刻出編爲暖紅室傳奇彙刻之第二十四種自是云亭山人破題兒第一部作品始流播人間.

（附考）李調元雨村曲話說『小忽雷是顧天喜董恆岩合著』「天石」誤作「天喜」又不晉孔東塘而換以董恆岩不知何據恆岩所作曲有芝龕記布局散漫用筆拖沓斷非能作小忽雷之人且小忽雷卷首東塘題辭歷歷調元殆耳食未見原本耳.

『大抵人生聚散中.

灞橋官道雨濛濛.

香消紅袖登樓妓.

淚濕青衫對酒翁.』

——小忽雷開場詩.　孔尚任.

時間　清康熙二十三年甲子八月.

地點　北京太平園劇場.

人物　老贊禮——副末.

布景——幕外

老贊禮（氈巾道袍白髮上）

古董先生誰似我.

非玉非銅.

滿面包漿裏.

朦魄殘魂無伴儔.

時人指笑何須躲.

舊恨塡胸一筆抹．

遇酒逢歌

隨處留皆可．

子孝臣忠萬事妥．

休思更奧人參果——（蝶戀花．）

日麗唐虞世．
花開甲子年．
山中無寇盜．
地上總神仙．

老夫原是南京太常寺一箇贊禮爵位不尊姓名可隱最喜無禍無災活了九十七歲閱歷多少興亡又到上元甲子堯舜臨軒禹皐在位處處四民安樂年五穀豐登今乃康熙二十三年見了瑞祥一十二種．

（問介）請問那幾種瑞祥．

內

贊（屈指介）河出圖洛出書景星明慶雲現甘露降膏雨零鳳皇集麒麟遊蓂荚發芝草

三

生．海無波．黃河清．件件俱全．豈不可賀．老夫欣逢盛世．到處遨遊．昨在太平
園中．看一本新出傳奇名爲桃花扇．就是明朝末年南京近事借離合之情．
寫興亡之感．實事實人．有憑有據．老夫不但耳聞皆曾眼見．更可喜把老夫
衰態也拉上排場．做了一箇副末脚色惹的俺哭一回笑一回怒一回罵一
回．那滿座賓客怎曉得我老夫就是戲中之人．
請問這本好戲是何人著作．
列位不知從來塡詞名家．不著姓氏但看他有褒有貶作春秋必賴祖傳．可
詠可歌正雅頌豈無庭訓．
這等說來一定是云亭山人了．
你道是那箇來．
今日冠裳雅會就要演這本傳奇．你老既係舊人．又且聽過新曲．何不把傳

內贊 生．海無波．
內贊 公子侯生．
內贊 秣陵僑寓．

公子侯生．
秣陵僑寓．

奇始末預先鋪敍一番．大家洗耳．
有張道士的滿庭芳詞歌來請教罷．

桃花扇註（上）

一三

恰偕南國佳人.

讒言暗害.

鸞鳳一朝分.

又值天翻地覆.

據江淮藩鎮紛紜.

立昏主.

徵歌選舞.

黨禍起奸臣.

　　　★

良緣難再續.

樓頭激烈.

獄底沈淪.

卻賴蘇翁柳老.

　　　★

　　　★

　　　★

解救殷勤．

半夜君逃相走．

望煙波．誰弔忠魂．

桃花扇．

齋壇揉碎．

我與指迷津──（滿庭芳）

內

贊

妙妙只是曲調鏗鏘．一時不能領會．還求總括數句．

待我說來．

奸馬阮中外伏長劍．

巧柳蘇往來牽密線．

侯公子斷除花月緣．

張道士歸結興亡案．

道猶未了．那侯公子早已登場列位請看．

第一齣　聽稗

『湖落秦淮春復秋。
莫愁好作石城遊。
年來愁與春潮滿。
不信湖名尚莫愁。』

　　　　　——秦淮雜詠。

　　　　　　　王士禎。

時間　明崇禎十六年癸未二月。

地點　南京冶城道院門前柳敬亭寓所。

人物　侯方域——生。

　　　陳定生——末。

　　　吳次尾——小生。

　　　家僮——副淨。

　　　柳敬亭——丑。

布景——幕外。

侯方域（儒扮上．）

孫楚樓邊．
莫愁湖上．
又添幾樹垂楊．
偏是江山勝處．
酒賣斜陽．
勾引游人醉賞．
學金粉南朝模樣．
暗思想．
那些鶯顚燕狂．
關甚興亡．——
（戀芳春．）

院靜廚寒唾起遲．
秣陵人老看花時．

城連曉雨枯陵樹．

江帶春潮壞殿基．

★ 傷往事．

寫新詞．

不知烟水西村舍．

客愁鄉夢亂如絲．

燕子今年宿傍誰（鷓鴣天）

小生姓侯名方域表字朝宗中州歸德人也（註一）夷門譜牒．梁苑冠裳．先祖太常家父司徒（註二）選詩雲間徵父白下久樹東林之幟新登復社之壇（註三）忝歲清詞吐出班香宋豔中年皓氣流成蘇海韓潮（註四）人鄰耀華之宮偏宜賦酒家近洛陽之縣不願栽花自去年壬午南闈下第（註五）便僑寓這莫愁湖畔烽烟未靖家信難通不覺又是仲春時候你看碧草粘天．誰是還鄉之伴黃塵匝地獨爲避亂之人（歎介）莫愁莫愁教俺怎生不愁也幸喜社友陳定生、吳次尾寓在蔡益所書坊時常往來頗不寂寞今日約到冶城道院同看梅花．須索早去

一八

乍暖風烟滿江鄉．
花裏行廚攜着玉缸．
笛聲吹亂客中腸．
莫過烏衣巷——
是別姓人家新畫梁．——

（嬾畫眉）

侯（下）．

陳定生．吳次尾（儒扮上）．布景二——南京冶城道院門前

怕隨梅柳渡春江．
聾鼓旌旗何處忙．
王氣金陵漸凋傷．

陳　小生宜興陳貞慧是也．(註六)

吳　小生貴池吳應箕是也．(註七)

陳　（問介）次兄可知流寇消息麼．

吳　昨見邸鈔．流寇連敗官兵．漸逼京師．那寧南侯左良玉還軍襄陽．中原無人．
　　大事已不可問．（註八）我輩且看春光．

合　無主春飄蕩．

　　風雨梨花攛曉妝．——（嬾畫眉）

家僮　（忙上）

陳　小弟已着人打掃道院．沽酒相待．

吳　豈敢爽約．

侯　（上）（相見介）請了．兩位社兄果然早到．

陳　節寒嫌酒冷．
　　花好引人多．
　　裹相公來遲了請回罷．

僮　怎麼來遲了．

陳　魏府徐公子（註九）要請客看花一座大大道院早已占滿了．

侯　既是這等．且到秦淮水榭一訪佳麗．倒也有趣．

吳　依我說不必遠去兄可知道泰州柳敬亭說書最妙．（註七）曾見賞於吳橋范

陳　大司馬桐城何老相國．（註十一）聞他在此作寓．何不同往一聽．消遣春愁．

侯　這也好．

陳　那柳麻子新做了闇兒阮鬍子（註十二）的門客．這樣人說書不聽也罷了．

吳　兄還不知阮鬍子漏網餘生不肯退藏還在這裏蓄養聲伎結納朝紳小弟做了一篇留都防亂的揭帖（註十三）公討其罪那班門客纏曉的他是崔魏逆黨不待曲終拂衣散盡（註十四）這柳麻子也在其內豈不可敬．

侯　（驚介）阿呀竟不知此輩中也有豪傑該去物色的．

侯陳吳（同行介）

　　布景三——柳敬亭寓所．

　　備用物——桌椅說書鼓板、醒木．

侯陳吳（合）仙院參差弄笙簧．

　　人住深深丹洞旁．

　　閒將雙眼閱滄桑．

僮　此間是了待我叫門．（叫介）柳麻子在家麼．

陳　（喝介）咄他是江湖名士稱他柳相公纔是．

僮　（又叫介）柳相公開門．

柳　（小帽海靑白鬚上）

門掩靑苔長．
話舊樵漁來道房．──（嫺畫眉）

（見介）

柳　原來是陳吳二位相公老漢失迎了．（指侯問介）此位何人．

陳　這是敝友河南侯朝宗──當今名士久慕淸談特來領敎

柳　不敢不敢請坐獻茶

（坐介）

柳　（你看──）

相公都是讀書君子．什麼史記通鑑不曾看熟．倒來聽老漢的俗談．（指介

廢苑枯松靠着頹牆．
春雨如絲宮草香．
六朝興廢怕思量．

鼓板輕輕放．

沾淚說書兒女腸．——（嬾畫眉）

侯　不必過謙就求賜教．

柳　旣蒙光降老漢也不敢推辭只怕演義盲詞難入尊耳沒奈何且把相公們

侯　讀的論語說一章罷．

柳（笑介）這也奇了論語如何說的．

（介）相公說得老漢就說不得今天偏要假斯文說他一回．（上坐敲鼓板說書

問余何事棲碧山

笑而不答心自閒．

桃花流水杳然去．

別有天地非人間．

（拍醒木說介）敢告列位今日所說不是別的是魯論『太師摯適齊』全章這一

章書是申魯三家僭竊之罪表孔聖人正樂之功當時周轍旣東魯道寖微

三家者以雍徹季氏八佾舞於庭僭竊之罪已是到了盡頭了我夫子自衛

反魯然後樂正那些樂官一箇箇愧交集東走西奔只當夫子不知費了多少氣力豈知我夫子手把一管筆眼看幾本書纂到易經上律天時下襲水土修到書經祖述堯舜憲章文武訂到禮記父子有親君臣有義長幼有序朋友有信夫婦有別作到春秋而亂臣賊子懼今日冊到詩經而雅頌各得其所並不曾費一些氣力登時把權臣勢鬧哄哄的箇戲場雲時散盡頃刻冰冷那一時到也痛快你說聖人的手段利害不利害神妙不神妙（

敲鼓板唱介）

（鼓詞一）自古聖人手段能．他會呼風喚雨撒豆成兵．見一夥亂臣無禮教歌舞使了箇些小方法弄的他精打精正排著低品走狗奴才隊都做了高節清風大英雄．

（拍醒木說介）那太師名藝他第一箇先適了齊．他為何適齊聽俺道來．（敲鼓板唱介）

（鼓詞二）好一箇為頭為領的太師摯．他說咳．俺為甚的替撞三家景陽鐘往常時瞎了眼睛．在泥窩

二四

裏混．到如今抖起身子丟箇清．大撒脚步正往東
北走合夥了箇敬仲老先生纔顯俺的名管喜的
孔子三月忘肉味景公擦淚側着耳朵聽那賊臣
就喫了豹的心肝熊的膽也不敢去姜太公家裏
去擎樂工．

（拍醒木說介）管亞飯的名千適了楚．管三飯的名繚適了蔡．管四飯名缺適了齊．
這三人爲何也去了聽我道來．（敲鼓板唱介）

（鼓詞三）這一班勸膳的樂官不見了領隊長一箇
箇各尋門路奔前程．亞飯說『亂臣堂上掇著碗
俺倒去吹吹打打伏侍著他聽．你看咱長官此去
齊邦誰敢去找．我也投那熊繹大王倚仗他的威
風』三飯說『河南蔡國雖然小那堂堂的中原．
緊靠着京城．』四飯說『遠望西秦有天子氣那
強兵營裏我去抓響箏．』一齊說『你每日倚着

賽門椿子使喚俺．從今後——叫你聞著俺的風
聲腦子疼」

（拍醒木說介）擊鼓的名方叔入於河．播鞉的名武入於漢．少師名揚聲磬的名襄
入於海這四人另是箇走法聽俺道來（敲鼓板唱介）

（鼓詞四）這擊磬擺鼓的三四位——他說『你丟
下這亂紛紛的排場俺也幹不成．你嫌這裏亂鬼
當家別處尋主只怕到那裏低三下四還幹舊營
生．俺們一葉扁舟桃源路這縴是江湖滿地幾箇
漁翁」

（拍醒木說介）這四箇人去的好去的妙去的有意思聽他說些什麼（敲鼓板唱
介）

（鼓詞五）他說『十丈珊瑚映日紅．珍珠捧著水晶
宮龍王留俺宮中宴那金童玉女不比凡同鳳簫
象管龍吟細可教人家吹打著俺們縴聽那賊臣

就溜著河邊來趕俺．這萬里烟波路也不明．莫道山高水遠無知己．你看海角天涯都有俺舊弟兄．全要打破紙窗看世界．戲了那位神靈提出俺火阮憑世上滄海變田田變海．俺那老師父只管朦瞪著兩眼定六經．正是

滄海波心好變龍．

荆棘叢裏難容鳳．

中間悶然幾英雄．

魯國團團一座城．

（說完起介）獻醜獻醜．

陳　妙極妙極．如今應制講義．那能如此痛快眞絕技也．

吳　敬亭纔出阮家．不肯別投主人．故此現身說法．

侯　俺看敬亭人品高絕胸襟灑脫是我輩中人說書乃其餘技耳．

侯陳吳　暗紅塵雲時雪亮

熱春光一陣冰涼．

清白人會算黏塗帳．

（同笑介）

柳　這笑罵風流跌宕．

　　一聲拍板溫而厲

　　三下漁陽慨以慷

　　重來訪．

　　但是桃花誤處．

問俺漁郎——（解三酲）

侯　（問介）昨日同出阮衙是那幾位朋友．

柳　都已散去只有善謳的蘇崑生還寓比鄰．

侯　也要奉訪尚望同來賜教

柳　自然奉拜的．

　　　歌聲歇處已斜陽．

二六

陳隖有殘花隔院香．

吳無數樓臺無數草．

侯清談霸業兩茫茫．

〔註一〕侯方域字朝宗．河南商丘人．明諸生清順治七年辛卯副貢生萬曆四十六年戊午卒順治十一年甲午年三十七．著有壯悔堂文集四憶堂詩集事蹟詳買開宗田蘭芳所作傳侯洵所作年譜．

〔註二〕方域祖執蒲．明太常寺卿父恂戶部尚書．宋犖哀侯朝宗詩云．『兩世東林魁．聞見亦良富』．本文『太常司徒樹東林之幟』等語指此．

〔註三〕據年譜『崇禎十二年方域二十二歲入南雍應南京試交陳公子定生吳秀才次尾及南中諸名士主盟復社』宋犖雪園五哀詩序云『往余鄉有雪園社即江南之復社也余從侯子朝宗等修爲六子社』本文『復社之壇』指此．

〔註四〕買開宗壯悔堂集序云『侯子十年前嘗爲整麗之作．近乃大毀其向文．求所爲韓柳歐蘇以幾於司馬遷者而肆力焉』．本文『早歲中年』四句指此．

〔註五〕啓超案崇禎十五年壬午五月李自成陷睢州六月詔起侯恂以兵部侍郎督左良玉軍援開封時方域隨父在南代草流賊形勢疏（見本集）又勸恂勿救開封而督左軍距河以捄賊恂曰『若此則我先反矣』不聽遣方域還吳道出永城爲叛將劉超所劫詒以禍福俾勤王自贖超不聽．然亦釋之計八月秋闈正方域被劫時必無應試之事本文『下第僑寓』云云皆崇禎十二年事爲行文便利計顚倒時日借用耳說詳本齣注十三第二齣注七及第五齣注一．

（註六）陳貞慧字定生江南宜興人父于廷官左都御史以忤魏忠賢削籍魏黨作東林點將錄

指楊漣左光斗及于廷爲黨魁貞慧繼與復社阮大鍼作蝗蝻錄指貞慧爲黨魁稱四公子明亡

後埋身土室不入城市者十餘年生萬曆甲辰卒順治丙申年五十三著有皇明詔林山陽錄雪

岑集等事蹟詳黃宗羲所撰墓志銘汪琬所撰墓表子維崧字其年以善爲騈體文及塡詞有名

於清初

（註七）吳應箕字次尾號樓山江南貴池人善古今文辭意氣橫屬一世復社領袖也以留都防

亂公揭事最有名於時（詳注十三）南都亡金正希（聲）起義於歙應箕亦起池州應之清

兵遇戰敗被擒不屈死生萬曆二十二年甲午弘光元年（即順治二年）甲戌年五十二著

有樓山堂集事蹟詳明史本傳溫睿臨南疆繹史本傳汪有典史外本傳劉世珩吳次尾先生年

譜

（註八）左良玉與李自成戰大敗于朱仙鎮走襄陽此崇禎十五年壬午七月間事癸未二月襄

陽已陷良玉走武昌此文年月頗有錯誤

（註九）徐青君事詳末齣注

（註十）柳敬亭以江湖說書技有盛名於明清間其人在左良玉幕中最久詼諧而任俠故士大

夫樂與之游諸家集中題贈詩詞極多最著者如吳梅村之楚兩生行襲芝麓之沁園春贈說書

柳叟錢牧齋之左寧南畫像爲柳敬亭題閭古古之柳麻子說書行汪蛟門之柳敬亭說書行陳

其年之左寧南與柳敬亭軍中說劍圖歌曲皆能寫出其人與其技其表章最力者則吳梅村之

柳敬亭傳黃梨洲亦爲作一傳則頗毀斥之而張岱陶菴夢憶余懷板橋雜記所述較簡淨有風

趣今錄之梅村之傳則分引於每齣

板橋雜記

『柳敬亭泰州人。本姓曹。避仇流落江湖。休於樹下。乃姓柳善說書。遊於金陵。吳橋范司馬桐城何相國引爲上客。常往來南曲與張燕筑沈公憲俱往。張沈以歌曲敬亭以談辭。酒酣以往擊節悲吟。傾廂四座。蓋優孟東方曼倩之流也。後入左甯南幕。出入兵間。甯南亡敗。又遊松江馬提督軍中鬱鬱不得志。年已八十餘矣。間過余僑寓宜軒中。猶說「秦叔寶見姑娘」也。』

陶菴夢憶

『南京柳麻子䰄黑滿面疤癗悠悠忽忽。土木形骸。善說書。一日說書一回定價一兩。十日前先送書帕下定。常不得空。南京一時有兩行情人。王月生柳麻子是也。余聽其說「景陽岡武松打虎」。白文與本傳大異。其描寫刻劃。微入毫髮。然又找截乾淨。並不嘮叨。夬聲如巨鐘。說至筋節䖏。叱咤叫喊。汹汹崩屋。武松到店沽酒。店內無人。謦地一吼。店中空缸空甓皆甕甕有聲。閒中著色。細微至此。主人必屏息靜坐。傾耳聽之。彼方掉舌。稍見下人咕嘬耳語。聽者欠伸有倦色。輒不言。故不得強㲩至。丙夜拭桌剪燈素甆靜遞。欵欵言之。其疾徐輕重。吞吐抑揚。入情入理。入筋入骨。摘世上說書之耳而使之諦聽。不怕其不齰舌死也。柳麻子貌奇醜。然其口角波俏眼目流利。衣服恬淨。直與王月生同其婉變。故其行情正等。』

〔註十一〕吳偉業柳敬亭傳云:『當時士大夫被寇南下僑金陵者萬家。大司馬吳橋范公。相國何文端皆引生爲上客。』案范名景文。甲申三月以東閣大學士殉難何名如寵。崇禎十四年卒。

〔註十二〕阮鬍子即阮大鋮。其小傳別見第四齣.福王時補誶文端

〔註十三〕黃梨洲有言:『弘光南渡。止結得留都防亂揭一案。』則其事在當時關係重大可知。桃花扇一書亦以此爲最要線索。故第一齣補述以託始焉。今錄陳定生所著防亂公揭本末之前半以資參考。〔留都防亂公揭有云:『某等讀聖賢之書。明討賊之義。事出公論。言與憤俱

但知為國除姦。不惜以身賈禍。…………』（見吳梅村鹿樵紀聞叢錄）

『崇禎戊寅冬。次尾有留都防亂一揭公討阮大鋮以鋮崔魏論城且罪暴於天下。其時

氣魄何能奔走四方士。南中常事多與游實上下其手陰持其恫喝為次尾憤其附逆也。而鳴

鳳坐興。倀塞如故。士大夫變絕爭寄腹以為良心道喪一日言於顧子方（杲）子方曰。杲也。

不惜斧鑕為南都除此大憝。兩人先後過余曰鋮罪無辭揭之。如贄蠡糞洇爭思決之為快。未必於人心無補。次

盞不肯。特未有逆案二字提醒之。使一點破。如贄蠡糞洇爭思決之為快。未必於人心無補。次

尾燈下隨削一癳子方毅然首唱。飛馳數兩毘陵為陳臥子吳

門為楊維斗一。上江左氏兄弟方密之爾止仲馭臥子極嘆此舉為仁者

之勇。獨繼斗方報書以鋮不慇之灰。無俟眾溺。如吾鄉逐顧寔謙呂純如故事。稍稍露矣。

阮心知此事也。仲馭方撰揭上聞。會楊與顧論之辨未已。而相牙揭遲留不發。事稍露矣。

吾職掌一揭語雖哀。時上江有以此舉達之御史成公勇。成公曰

誣瑣言一揭語雖鵲起。中實狼驚。至已卯寔跡荊溪相者蕪中。酒闌歐遏樣解纓絕。輒縶語貞

鮮廉者亦襲是與鋮氣愈汩心愈恨。未幾成御史以論楊武陵嗣昌逮某逐某士大夫之素

慧何人何狀。必欲殺某。何怨絮且泣。向相君泣。大鋮身雖在陽羡山中乎。而所以窺伺吾輩

者益急無有間青溪道上蔡子往來如織。時予寓宋憲副圍中同人在顧多為相國也。且悴

且恚鋮歸潛跡南門之牛首不敢入城。向之裘馬馳突。臚兒焜耀通衢。至此奄奄氣盡矣。

然鋮歸潛跡南門日夜思所以數無輩謀翻局特未有路耳。居無何。鋮多為相國。喜鋮得間

宰天子明璽堅持其局不變議隨起滅無何甲申宏光事起。鋮曰此奇貨可居也。賚緣官兵

三二

部偵書。以迎立首謀福邸舊案。將盡殺天下。酬所不快。下周公鑣雷公演祚於獄。發其端時語

所親曰吾五六年來。三尺童子見阮大鋮名姓。輒詈而唾之。非若若耶。若如有今日以揚中最

切齒者十人列之上曰此擁護潞藩以圖不逞者又造爲十八羅漢七十二金剛之目曰此其

羽翼者如王紹徽點將錄故事一網殺之……』

啓超案吳次尾有與友人論防亂公揭書云『防亂公揭。乃顧子方倡之。質之於弟。謂可必行無

疑者。遂刻之以傳。』蓋是揭領銜者爲顧子方（杲）次尾不自以爲功而歸美於子方故樓山

堂集不錄此揭爲然據定生及同時諸家所記述。則此稿實出次尾手本書『小弟做了一篇揭

帖』云云蓋實錄也當時署名者百四十餘人除子方次尾定生外其姓名可考者有桐城左國

棟國柱國林江陰繆虛白吳縣周茂藻茂蘭廷祚常熟顧麟生無錫高永清餘姚黃宗羲嘉

善魏學濂吳縣楊廷樞鄞縣萬泰金沙周鑣華亭夏允彝陳子龍宣城沈壽海鹽陳梁嘉定侯

岐曾桐城方以智蕪湖沈士柱……等（錢飲光似亦署名）

又案公揭作於崇禎十一年戊寅秋間十二年己卯正月始刊播侯朝宗與定生次尾定交亦卽

在是年夏間。（見汪有典外史侯吳兩年譜皆同。）則此齣所繫者實爲己卯年事原題云『癸

未二月』者挪動年月使行文局勢緊湊耳。

（註十四）柳敬亭曾否入阮家無可考當是云亭點綴。

第二齣　傳歌

　　猶憶秦淮賽竹枝。
　　靑樓沈水易相思。

眼看到處生離別．

何苦多彈子夜詞．

　　——方密之詩．

時間　明崇禎十六年癸未二月．

地點　南京秦淮河舊院媚香樓．

人物　李貞麗—小旦．

　　　楊龍友—末．

　　　李香君—旦．

　　　蘇崑生—淨．

布景——媚香樓樓上李香君妝閣．

備用物——壁掛名人字畫．桌椅筆硯曲本歌板．

李貞麗（靓妝扮鴇妓上）

深畫眉．

不把紅樓閉．

長板橋頭垂楊細．

絲絲牽惹遊人騎．

將箏絃緊繫．

把笙囊巧製——（秋夜月）

梨花似雪草如煙．

春在秦淮兩岸邊．

一帶妝樓臨水蓋．

家家分影照嬋娟．

姜身姓李表字貞麗（註一）烟花妙部風月名班生長舊院之中．（註二）迎送長橋之上．（註三）鉛華未謝丰韻猶存養成一箇假女溫柔纖小纔陪玳瑁之筵宛轉嬌羞未入芙蓉之帳這裏有位罷職縣令叫做楊龍友乃鳳陽督撫馬士英的妹夫原做光祿阮大鋮盟弟常到院中詩俺孩兒要替他招客梳攏今日春光明媚敢待好來也（叫介）了鬟捲簾掃地伺候客來．

（內應介）曉得．

楊文驄（註四）（上）

楊　下官楊文驄表字龍友乙榜縣令罷職閒居這秦淮名妓李貞麗．是俺舊好．趁
　　此春光訪他閒話來此已是．不免竟入（入介）貞娘那裏．（見介）好呀你
　　看梅錢已落柳線纔黃軟軟濃濃一院春色叫俺如何消遣也．
　　正是請到小樓焚香煮茗賞鑒詩篇罷．

麗　妙極了．

楊　（登樓介）

麗　簾紋籠架鳥．
　　花影護盆魚．

楊　（看介）這是令愛妝樓他往那裏去了．

麗　曉妝未竟尚在臥房．

楊　請他出來．

麗　（喚介）孩兒出來楊老爺在此．

楊　（看四壁上詩篇介）都是些名公題贈却也難得．（背手吟哦介）

李香君（豔妝上）

三山景色供圖畫．
六代風流入品題．

香夢回.

纔褪紅鴛被.

重點檀脣膩脂膩.

匆匆挽箇抛家髻.

這春愁怎替.

那新詞且記.

（見介）老爺萬福.

楊　幾日不見益發標緻了．這些詩篇贊的不差．（又看驚介）呀呀張天如夏

彝仲（註五）這班大名公都有題贈下官也少不的和韻一首．

麗（送筆硯介）

楊（把筆久吟介）做他不過索性藏拙聊寫蘭墨數筆點綴素壁罷．

麗　更妙．

楊（看壁介）這是藍田叔（註六）畫的拳石呀就寫蘭於石旁借他的襯帖也好．（畫介）

綾紋素壁輝——

寫出騷人致．

嫩葉香苞．

雨困烟痕醉．

一拳宣石墨花碎．

幾點蒼苔亂染砌．

（遠看介）也還將就得去．

怎比元人．

瀟洒墨蘭意．

名姬恰好湘蘭佩．　（梧桐樹）

麗　　眞眞名筆替俺妝樓生色多矣．

楊　　見笑（向香君介）請教尊號就此落款．

香　　年幼無號．

麗　　就求老爺賞他二字罷．

楊（思介）左傳云「蘭有國香人服媚之．」就題他香君．（註七）何如．

麗　甚妙。香君過來謝了。

香　（拜介）多謝老爺。

楊　（笑介）連樓名都有了。（落款介）『崇禎癸未仲春。俺寫蘭於媚香樓。博香君一笑。篴楊文驄』（註八）

麗　寫畫俱佳。可稱雙絕。多謝了。

（俱坐介）

楊　我看香君國色第一。只不知技藝若何。

麗　就叫什麼蘇崑生。（註九）

楊　蘇崑生本姓周。是河南人。寄居無錫。一向相熟的。果然是箇名手（問介）

麗　傳的那套詞曲是那箇

楊　就是玉茗堂四夢。（註十）

麗　一向嬌養慣了。不曾學習。前日纔請一位淸客。傳他詞曲。

楊　學會多少了。

麗　纔將牡丹亭學了半本。（喚介）孩兒楊老爺不是外人。取出曲本快快溫習待你師父對過好上新腔。

香　（皺眉介）有客在坐只是學歌怎的．

麗　好儍話我們門戶人家舞袖歌裙喫飯莊屯你不肯學歌閒著做甚．

香　（看曲本介）

麗　生來粉黛圍．

　　跳入鶯花隊．

　　一串歌喉．

　　是俺金錢地．

　　莫將紅豆輕拋棄．

　　學就曉風殘月墜．

　　緩拍紅牙．

　　奪了宜春翠．

　　門前繫住王孫轡．──

　　　　　　　（梧桐樹）

蘇崑生（扁巾褶子上．）

　　閒來翠館調鸚鵡．

嫻去朱門看牡丹．在下固始蘇崑生是也．自出阮衙後便投妓院．做這美人的教習．不強似做那義

楊　子的幫閒麼（竟入見介）楊老爺在此久違了．

崑老恭喜收了箇絕代的門生

麗　蘇師父來了孩見見禮

香（拜介）

蘇　免勞罷（問介）昨日學的曲子可曾記熟了．

香　記熟了．

蘇　趁著楊老爺在坐隨我對來好求指示．

楊　正要領教．

蘇香（對坐唱介）

蘇
　『原來姹紫嫣紅開遍．
　似這般都付與斷井頹垣．
　良辰美景奈何天──』

　錯了錯了『美』字一板『奈』字一板不可連下去．另來．另來．

蘇

「良辰美景奈何天．

賞心樂事誰家院．

朝飛暮卷．

雲霞翠軒．

雨絲風片——」

又不是了．『絲』字是務頭（註十一）要在嗓子內唱．

蘇

「雨絲風片．

烟波畫船．

錦屏人．

忒看的這韶光賤．」——

妙妙．是的狠了往下來．

「遍青山啼紅了杜鵑．

茶蘼外烟絲醉軟．

牡丹雖好．

（皂羅袍）

四二

蘇　他春歸怎占的先——」
　　還句略生些．再來一遍

蘇　「牡丹雖好．
　他春歸怎占的先．
　閒凝盼——
　生生燕語明如剪．
　嚦嚦鶯聲溜的圓」——（註十二）——（好姐姐）

蘇　好好．又完一折了．

楊（對旦介）可喜令愛聰明的緊．不愁不是一箇名妓哩．（向蘇介）昨日會著侯司徒的公子侯朝宗．客囊顏富．又有才名．正在這裏物色名姝崑老知道麼

蘇　他是敝鄉世家果然大才．
　　這段姻緣不可錯過的．

楊　破瓜碧玉佳期——
　　唱嬌歌．

麗　麗楊

細馬騎．
纏頭擲錦．
攜手傾杯．
催妝豔句．
迎婚油壁．
配他公子千金體．
年年不放阮郎歸．
買宅桃葉春水．──（瑣窗寒）

這樣公子肯來梳攏好的緊了只求楊老爺極力幫襯成此好事．
自然在心的．

掌中女好珠難比．
學得新鶯恰恰啼．
春鎖重門人未知．
如此春光不可虛度我們樓下小酌罷．

四四

楊　有趣.

（同行介）

楊　蘇小簾前花滿畦.
麗　鶯酣燕嬾隔春隄.
香　紅綃裏下櫻桃顆.
蘇　好待潘車過巷西.

（註一）繆荃孫秦淮廣記云『李貞麗字淡如桃葉妓.有俠氣.一夜博輸千金略盡.所交接皆當世豪傑尤與陽羨陳貞慧善李香之假母也.王宗鉦其秦淮社集云出風入雅有何女郎能之.』案繆書本皆注明出處此條偶闕不知所據何書板橋雜記亦記貞麗事視此較略明詩綜錄有貞麗詩一首

（註二）余懷板橋雜記云『舊院人稱曲中前門對武定橋.後門在鈔庫街妓家鱗次比屋而居.屋宇精潔花木蕭疎迥非塵境.到門則銅環半啟珠箔低垂升階則猧兒吠客鸚哥喚茶登堂則假母肅迎分賓抗禮進軒則丫鬟畢妝捧瓟而出坐久則水陸備至絲竹競陳定情則目眺心挑綢繆婉轉……』又云『舊院與貢院遙對僅隔一河』

（註三）板橋雜記云『長板橋在院牆外數十步蹟遠芊綿.水烟凝碧迴光鷺峰兩寺夾之中山東花園亘其前.秦淮朱桁遠其後泃可娛目賞心湫溓塵俗每當夜涼人定風清月朗名士傾城鬻花約鬢攜手閒行憑欄徙倚忽遇彼姝笑言宴宴此吹洞簫彼度妙曲萬籟皆寂遊魚出聽

洵太平盛事也」

（註四）楊文驄字龍友.貴州貴筑人.弘光二年五月.分蘇常鎮為二巡撫.以文驄巡撫常鎮二府.

（註五）張溥字天如.太倉人.夏允彝字彝仲.華亭人.皆復社領袖.

（註六）藍田叔小傳見第二十八齣.

（註七）李香君為本書主人所敍事蹟.以侯朝宗所作傳為基本資料.今全錄如下.其他書有涉

及香君事者.則於每齣下分注焉.

侯朝宗壯悔堂集李姬傳

李姬者名香.母曰貞麗.貞麗有俠氣.嘗一夜博輸千金立盡.所交接皆當世豪傑.尤與陽羨陳

貞慧善也.姬為其養女.亦俠而慧.略知書.能辨別士大夫賢否.張學士溥夏吏部允彝稱之.

少風調皎爽不羣.十三歲從吳人周如松受歌玉茗堂四傳奇.皆能盡其音節.尤工琵琶詞.然

不輕發也.雪苑侯生已卯來金陵.與相識.姬嘗邀侯生為詩.而自歌以償之.初皖人阮大

鋮者.以阿附魏忠賢論城旦.屏居金陵.為清議所斥.陽羨陳貞慧首其事.持之力.大

鋮不得已.欲侯生為解之.乃假所善王將軍日載酒食與侯生游.姬曰.王將軍貧非結客者.公

子盍叩之.侯生三問.將軍乃屏人述大鋮意.姬私語侯生曰.妾少從假母識陽羨君.其人有

義.聞吳君尤錚錚.今皆與公子善.奈何以阮公負至交乎.且以公子之世望安事阮公.公子讀

萬卷書.所見豈後於賤妾耶.侯生大呼稱善.醉而臥.王將軍者殊快快.因辭去不復通.未幾.侯

生下第.姬置酒桃葉渡歌琵琶詞以送之.曰.公子才名文藻雅不減中郎.中郎學不補行.今琵

琶所傳詞固妄也.妾亦不復歌矣.侯生去後.而故開府田仰者.以金三百鍰邀姬一見.姬固

却之．闔府慚且怒．且有以中傷姬．姬歟曰田公寧異於阮公乎．吾向之所贊於侯公子者謂何．

今乃利其金而赴之．是賣公子矣．卒不往．

啓超案傳中言『雪苑侯生己卯來金陵與相識』．己卯爲崇禎十二年．時朝宗二十二歲．朝宗

交定生次尾正以是年．防亂公揭之刊播亦以是年．可見自聽稗至御奮諧齣所隸皆己卯年事．

題『發未二月』者．小說家言耳．

（註八）枋橋雜記云『李香身軀短小膚理玉色．慧俊婉轉調笑無雙．人題之爲香扇墜．余有詩

贈之云『生小傾城是李香．懷中婀娜袖中藏．何緣十二巫峯女．夢襄偏來見楚王』武塘魏子

一爲書於粉壁．貴筑楊龍友寫崇蘭石於左偏．時人稱爲三絕．由是香之名盛于南曲．四方才士

爭一識面以爲榮』案本書言楊龍友畫蘭．即繪點此事．

（註九）李姬傳中所云周如松者．即蘇崑生也．柳蘇同爲桃花扇中主要腳色．而蘇之事蹟見於

清初人筆記文集者．遠不如柳之多．惟吳梅村有贈蘇崑生絕句四首．自注云『蘇生固始人』

又有楚兩生行一首雖合歌柳蘇而所重在蘇．其自序如下．

『蔡州蘇崑生維揚柳敬亭其地皆楚分也．而又客於楚．左寧南駐武昌柳以談蘇以歌爲幸

合重客．寧南沒於九江．舟中百萬衆皆奔潰柳已先期東下．蘇生痛哭削髮入九華山久之出

從武林汪然明於亡．之吳中吳中以善歌名海內．然不過嘽緩柔曼爲新聲．蘇生則於陰陽

抗墜分刌比度．如崑刀之切玉叩之栗然非時世所爲工也．嘗遇虎丘廣場大集蘇生睨其旁笑

曰某郎以某字不合律．有識之者曰彼倫楚乃竊言是非思有以挫之間請一發聲．不覺屈服

顯少年耳剽日久．終不肯輕自貶下就蘇生問所長生亦落落難合．到海濱寓吾里蕭寺風雪

中以余與柳生有雅故爲立小傳．援之以諸曰吾浪跡三十年．爲通侯所知．今失路惆悵而來

過此惟願公一言與柳生並傳足矣．柳生近客於雲間帥識其必敗苦無以自脫．浮湛散弄在

軍政一無所關也．其禍也幸以免蘇生將渡江．余作楚雨生行笈之．以之寓柳生俾知余與蘇生
游且為柳生危之也」
（註十）玉茗堂四夢明臨川湯顯祖（若士）所撰曲本一牡丹亭二邯鄲夢三南柯記四紫釵
記．
（註十一）焦里堂（循）劇說云『務頭者南北同法．苟遇緊要字句須揭起其音而宛轉其調
如俗所謂做腔處』
（註十二）牡丹亭驚夢原文．

第三齣　閧丁（註一）

當年勢焰掀天轉。
如今奔逃亦可憐。
——本詞

時間　明崇禎十六年癸未三月．
地點　南京國子監．
人物　壇戶——副淨丑
　　　老贊禮——副末．
　　　祭酒——外．

司業——末.

吳應箕——小生.

監生四人——雜.

阮大鋮（原任光祿卿以閹黨革職.）——副淨.

布景——國子監文廟大成殿.

備用物——祭案香爐燭臺.

（二壇戶上）

副淨　俎豆傳家鋪排戶.

丑　祖父.

副淨　各壇祭器有號簿.

丑　查數.

副淨　朔望開門點爐炬.

丑　掃路.

副淨　跪迎祭酒早進署.

丑　休誤.

丑　怎麼只說這樣沒體面的話.

副淨　你會說讓你說來．

丑　四季關糧進戶部．

副淨　詐富．關糧進戶部．

丑　紅牆綠瓦闔家住．

副淨　娶婦．

丑　乾柴只靠一把鋸．

副淨　偷樹．

丑　一年到頭不吃素．

副淨　醃胙．

丑　啐．你接得不好．到底露出腳色來．

（同笑介）咱們南京國子監鋪排戶苦熬六箇月．今日又是仲春丁期．太常寺早已

送到祭品待俺擺設起來．

（排桌介．）

副淨　栗、棗、芡、榛．

丑　牛、羊、豬、兔、鹿．

副淨　魚、芹、菁、筍、韭．

五〇

丑　鹽、酒香、帛、燭

副淨　一件也不少仔細看看．不要叫贊禮們偸喫．尋我們的悔氣呀．

老贊禮（暗上）咩你壇戶不偷就散了到賴我們．

副淨（拱介）得罪得罪我說的是那沒體面的相公們老先生是正人君子豈有偷觜之

　　理．

贊禮　陰話少說．天已發亮．是時候了各處快點香燭．

丑　是．

（同混下．）

祭酒（冠帶執笏上．）

　　松柏籠烟．

　　兩堦蠟紅初剪．

　　排笙歌堂上宮懸．

　　捧爵帛．

　　供牲體．

　　香芹早薦．

司業（冠帶執笏上）.

列班聯——

敬陪南雍釋奠.——（粉蝶兒）

吳應箕（衣巾上）

司業　下官司業是也今值文廟丁期禮當釋奠.

祭酒　下官南京國子監祭酒是也.

楹鼓逢逢將曙天.

諸生接武杏壇前.

濟濟禮樂繞三千.

監生四人（上）

萬仞門牆瞻聖賢.

阮大鋮（滿髯冠帶上）

淨洗含羞面.

混入几筵邊.——

（四圍春）

吳　小生吳應箕約同楊維斗劉伯宗沈崑銅沈眉生眾社兄同來與祭（註二）

監生四人　次尾社兄到的久了大家依次排起班來

阮（掩面介）下官阮大鍼開住南京來觀盛典（立前列介）

贊禮（上唱禮介）排班班齊鞠躬俯伏興俯伏興俯伏興俯伏興

（眾依禮各四拜介）

合　百尺翠雲巘．

　　仰見宸題金扁．

　　素王端拱．

　　顏曾四座冠冕．

　　迎神樂奏．

　　拜彤墀齊把袍笏展．

　　讀詩書不愧膠庠．

　　畏先聖洋洋靈顯——

　　　　　（泣顏回）

（拜完立介）

贊禮（唱禮介．）焚帛禮畢．

（眾相見揖介）

祭酒
司業　北面並臣肩．

　共事春丁榮典．

　趨蹌環佩．

　鵷班鷺序旋轉．

吳等　司邊執豆魯諸生．

阮　喜留都散職逍遙．

　歎投閒名流讁貶．

祭酒司業（下．）

阮（拱介．）

吳（驚看問介）你是阮鬍子．如何也來與祭唐突先師．玷辱斯文（喝介）快快出去．

阮（氣介）我乃堂堂進士表表名家．有何罪過不容與祭．

吳

你的罪過朝野俱知．蒙面喪心．還敢入廟．難道前日防亂揭帖．不曾說着你
的病根麼

阮

我正爲暴白心跡．故來與祭．

吳

你的心跡待我替你說來

魏家乾．
又是客家乾．（註三）免
一處處兒字難免．
同氣崔田．（註四）
同氣崔田．
熱兄弟．
冀爭嘗．
癰同吮．
東林裏丟飛箭．
西厰裏牽長線．

怎掩旁人眼．

笑冰山消化．

鐵柱翻掀．——（千秋歲）

諸兄不諒苦衷橫加辱罵那知俺阮圓海原是趙忠毅（註五）先生的門人．魏黨暴橫之時．我丁艱未起何曾傷害一人這些話都從何處說起

飛霜冤．

不比黑盆冤．

一件件風影敷衍．

初識忠賢．

初識忠賢．

救周魏．（註六）

把好身名．

甘心貶．

前輩康對山為救李空同曾入劉瑾之門．（註七）我前日屈節也只為着東林諸

君子．怎麼倒責起我來．

春燈謎．（註八）

誰不見．

十錯認．

無人辯．

箇箇將咱譴．

（指介）

也放屁狂言——！（千秋歲．）

吳　恨輕薄新進．

眾　好罵好罵．

　　你這等人敢在文廟之中公然罵人．眞是反了．

贊禮（亦喊介）反了反了讓我老贊禮打這箇奸黨（打介）

吳　掌他的嘴撑他的毛

眾（亂採髮指罵介）

閻兒瑠子．閻兒瑠子．

閻兒瑠子．

那許你拜文宣．

辱人賤行．

玷庠序．

愧班聯．

急將吾黨鳴鼓傳．

攻之必遠．

屛荒服不與同州縣．—

投豺虎只當閒豬犬．—（越恁好）

贊禮　好打好打（指老贊介）連你老贊禮都打起我來了．

我這老贊禮繞打你箇知和而和的．

阮（看鬚介）把鬍鬚都採落了．如何見人可惱之極．（急跑介）

難當雞肋拳揎——

拳揎．

無端臂折腰揌——

腰揌．

忙躲去．

莫留連．

阮（下．）

衆

吳

分邪正．

辯奸賢．

黨人逆案鐵同堅．

黨人逆案鐵同堅．——

當年勢焰掀天轉．——

今日奔逃亦可憐．

儒冠打扁．（紅繡鞋）

桃花扇註（上）

歸家應自焚筆硯．——（尾聲）

吳

今日此舉替東林雪憤為南監生光好不爽快以後大家努力莫容此輩再出頭來．

是．是

衆

堂堂義舉聖門前．

吳

黑白須爭一著先．

衆

只恐輸贏無定局．

吳

治由人事亂由天．

（註一）此齣並無本事可考．自當是云亭山人渲染之筆．然當時之清流少年．排斥阮大鋮實極囂張且輕薄．黃梨洲所撰陳定生墓志中有云「昆山張爾公歸德侯朝宗．宛上梅朗三．燕湖沈昆銅．如皋冒辟疆．及余數人無日不連輿接席．酒酣耳熱．多咀嚼大鋮以為笑樂」觀此可見當時復社諸子驕憨之狀．「閏丁」一類事．未始不可有也．

（註二）楊廷樞字維斗吳縣人．劉城字伯宗．貴池人．沈士柱字昆銅．燕湖人．沈壽民字眉生．宣城人．與吳次尾同稱復社五秀才．

（註三）天啓朝宦官魏忠賢．保姆客氏．朋比擅權．趨炎者向兩家稱乾兒阮大鋮即其一．

（註四）崔呈秀田爾耕皆閹黨之兇悍者

（註五）趙南星字夢白。高邑人。以忤魏閹謫戌代州。卒於戌所崇禎初。追諡忠毅。

（註六）周朝瑞字思永。臨清人。魏大中字孔時。嘉善人皆天啓初諫官以劾客魏杖斃。

（註七）李夢陽字獻吉又號空同子。以詩名康海字德涵號對山夢陽嘗以罪下獄片紙招海曰
『對山救我』時劉瑾欲納交於海不可得。至是海謁瑾爲請。夢陽得釋踰年瑾敗海坐瑾黨落
職禁錮夢陽不救時人爲作中山狼一劇譏之。（廷燦謹案中山狼馬中錫撰）

（註八）春燈謎爲阮大鋮石巢傳奇四種之一末齣有一段平話名曰十錯認或謂此爲阮鬍子
失意時悔過之作。

第四齣　偵戲

桃花扇註（上）

滿盤錯事如天樣。

今來秉古往

饒他算將來。

到底是箇糊塗帳。

——春燈謎結尾詞

酒旆時遮看竹路。

畫船多繫種花門

——孔云亭詩

六一

時間　明崇禎十六年癸未三月.

地點　南京褲子襠阮大鍼住宅.

人物　阮大鍼————副淨.

　　　家人————丑.

　　　四雜.

　　　楊龍友————末.

布景——書齋外有山石花木.

備用物——拜帖戲箱把子燕子箋曲本酒壺酒杯.

阮大鍼（憂容上）

前局盡翻.

舊人皆散.

飄零鬢斑.

牢騷歌嬾.

又遭時流欺謾.

怎能得高臥加飧.

下官阮大鋮，別號圓海，（註一）詞章才子，科第名家。正做著光祿吟詩，恰合著步兵愛酒黃金肝膽，指顧中原，白雪聲名，馳驅上國。可恨身家念重，勢利情多，偶投客魏之門，便入兒孫之列。那時權飛烈焰，用著他當道豺狼，今日勢敗寒灰，賸了俺枯林鵂鳥。人人唾罵，處處擊攻。細想起來——俺阮大鋮也是讀破萬卷之人，甚麼忠佞賢奸不能辨別。彼時既無失心之瘋，又非汗邪之病，怎的主意一錯，竟做了一箇魏黨（跌足介）纏題舊事，愧悔交加。罷了，罷了，幸這京城寬廣，容的雜人。新在這褲子襠裏買了一所大宅——巧蓋園亭，精教歌舞、但有當事朝紳，肯來納交的，不惜物力加倍趨迎。儻遇正人君子，憐而收之，還不失為改過之鬼（悄語介）若是天道好還，死灰有復然之日。我阮鬍子呵，也顧不得名節，索性要倒行逆施了，這都不在話下。昨日文廟丁祭，受了復社少年一場痛辱，雖是他們孟浪，也是我自己多事，但不知有何法兒，可以結識這般輕薄（搔首尋思介）

風波動幾番．

結黨欺名宦．

小子翩翩皆狂簡．

撲落吟鬚．

搥折書腕．

無計雪深怨．

叫俺閉門空羞赧．

家人（持帖上）

地僻疏冠蓋．

門深隔燕鶯．

裏老爺有帖借戲．

阮（看帖介）『通家致弟陳貞慧拜』（驚介）呵呀．這是宜興陳定生（註二）聲名赫赫．是箇了不得的公子他怎肯向我借戲（問介）那來人如何說來

家人　來人說還有兩位公子——叫什麼方密之冒辟疆（註三）這都在雞鳴塒上

阮（註四）喫酒．要看老爺新編的燕子箋（註五）特來相借

阮（吩咐介）速速上樓發出那一副上好行頭吩咐班裏人梳頭洗臉．隨箱快走你也擎

家人（應下）帖跟去俱要仔細著．

雜　（抬箱）　（眾戲子繞場下）

阮（喚家人介）轉來。（悄語介）你到他席上聽他看戲之時議論什麼速來報我。

家人　是。（下）

阮（笑介）哈哈竟不知他們目中還有下官有趣有趣且坐書齋靜聽回話（虛下）

楊文驄（巾服上）

　　周郎扇底聽新曲．

　　米老船中訪故人．

下官楊文驄與圓海筆硯至交．彼之詞曲我之書畫兩家絕技一代傳人今日無事來聽他燕子新詞不免竟入（進介）這是石巢園（註六）你看山石花木．位置不俗一定是華亭張南垣（註七）的手筆了（指介）

收人倪黃畫眼．

花林疏落石斑斕．

（仰看讀介）『詠懷堂（註八）孟津王鐸書．』（註九）（贊介）寫的有力量．（下看介）一片紅氍鋪地此乃顧曲之所

草堂圖裏烏巾岸

好指點銀箏紅板

（指介）那邊是百花深處了．

為甚的蕭條閉關．

敢是新詞改．

舊稿刪────（風入松）

（立聽介）隱隱有吟哦之聲圓老在內讀書．（呼介）圓兄略歇一歇．性命要緊

呀．（註十）

（山見大笑介）我道是誰．原來是龍友請坐請坐

（坐介）

楊　如此春光．為何閉戶．

阮　只因傳奇四種．（註十一）目下發刻．恐有錯字．在此對閱．

楊　正是聞得燕子箋已授梨園特來領略．

阮　恰好今日全班不在．

楊　那裏去了．

阮　有幾位公子借去遊山．

六六

楊　且把抄本賜教．權當漢書下酒罷．

阮（喚介）叫家僮安排酒酌．我要和楊老爺在此小飲．

內　曉得．

雜（上排酒果介．）

楊阮（同飲看書介．）

楊　新詞細寫烏絲闌．

都是金淘沙揀．

簪花美女心情慢．

又逗出烟慵雲懶．

看到此處令我一往情深．

這燕子唧春未殘．

怕的楊花白．

人鬢斑．——（風入松）

阮

燕詞俚曲見笑大方（讓介）請乾一杯．

（同飲介．）

家人（急上．）
　　　傳將隨口話．
　　　報與有心人．

阮
　　　稟老爺小人到雞鳴埭上看著酒斟十巡戲演三折忙來回話．
　　　那公子們怎麼樣來．

家人
　　　那公子們看老爺新戲大加稱賞——

阮
　　　點頭聽．

　　　擊節賞．

　　　停盃看．

家人
　　　他說眞才子．

阮（喜介）
　　　妙妙他竟知道賞鑑哩．（問介．）可曾說些什麼．

筆不凡．

家人
　　　他說眞才子．

阮（驚介）
　　　呵呀呀這樣傾倒却也難得（問介．）再說什麼來．

家人論文采．

天仙吏．謫人間．
好教執牛耳．
主騷壇——（急三鎗）

阮（佯怒介）太過譽了．叫我難當越往後看．還不知怎麼樣哩．（吩咐介）再去打聽速

來回話．
家人（急下）
阮（大笑介）不料這班公子倒是知己．（讓介）請乾一杯．

俺呵南朝看足古江山
翻閱風流舊案．
花樓雨榭燈窗晚．
嘔吐了心血無限．
每日價琴對牆彈．
知音賞．

這一番．——（風入松）

楊　　請問借戲的是那班公子

阮　　宜與陳定生桐城方密之如皋冒辟疆都是了不得學問他覺服了小弟

楊　　他們是不輕許可人的這本燕子箋詞曲原好有甚麼說處

家人（急上）

阮　　他說老爺呵

家人　　那公子又講些什麼

阮　　裏老爺小的又到雞鳴埭看著戲演半本酒席將完忙來回話

　　　　去如走兎．

　　　　來似飛鳥．

　　　　是　南國秀．

　　　　東林彥．

　　　　玉堂班．

阮　（佯驚介）句句是贊俺益發惶恐（問介）還說些什麼．

家人　　他說爲何——

投崔魏．

自摧殘．

阮 （皺眉拍案惱介．）只有這點點不才．如今也不必說了．（問介．）還講些什麼，

家人　話多著哩小的也不敢說了．

阮　　但說無妨．

家人　他說老爺——

呼親父．

稱乾子．

忝羞顏．

也不過仗人勢．

狗一般．

阮　（怒介）呵呀呀了不得罵起來了．氣死我也．

不章風月有何關．

助你看花對琖．

楊

新聲一部空勞贊．

不把俺心情剖辯．

偏加些惡譖毒頑．

這欺侮受應難——（風入松）

楊　請問這是為何罵起

阮　連小弟也不解前日好好拜廟受了五箇秀才一頓狠打今日好好借戲又
　　受這三箇公子一頓狠罵此後若不設箇法子如何出門（註十二）（愁介）

楊　長兄不必喫惱小弟倒有箇法兒未知肯依否

阮（喜介）這等絕妙了怎肯不依

楊　兄可知道吳次尾是秀才領袖陳定生是公子班頭兩將罷兵千軍解甲矣

阮（拍案介）是呀（問介）但不知誰可解勸

楊　別箇沒用只有河南侯朝宗與兩君文酒至交言無不聽昨聞侯生開居無
　　聊欲尋一秦淮佳麗小弟已替他物色一人名喚香君色藝皆精料中其意
　　長兄肯為出梳攏之資結其歡心然後託他兩處分解包管一舉雙擒

阮（拍手笑介）妙妙好箇計策（想介）這侯朝宗原是敝年姪（註十三）應該料理的（問

楊　阮　楊

　　介）但不知應用若干．

　妝奩酒席，約費二百餘金，也就豐盛了．

　這不難，就送三百金到尊府，憑君區處便了．

　那消許多．

楊　白門弱柳許誰攀．

阮　文酒笙歌俱等閒．

楊　惟有美人稱妙計．

阮　憑君買黛畫春山．

（註一）阮大鋮字圓海，又自號百子山樵．（廷燦謹案阮大鋮字集之）安徽懷甯人．初依附東林，名士同邑左光斗得官．既而投魏忠賢，敗殁斥南都．建與馬士英擁立福王．福王逃投方國安軍，國安敗，僧謝三賓等降清軍．從玫仙霞嶺觸石死．事蹟具明史奸臣傳．

（註二）陳貞慧防亂公揭本末，鈙公揭刊播後情狀云『大鋮竄跡荊溪相君幕中．酒闌歌過椿，僻纓輓絮語「貞慧何人何狀，必欲殺某何怨」語絮旦凄……潛跡南門之牛首，不敢入城．向之裘馬馳突，盧兒焜爚通衢，至此奄奄氣盡矣．』

（註三）方密之名以智桐城人，冒辟疆名襄如皐人，與朝宗定生齊名號四公子．明亡後，密之嘗從永歷帝於雲南，後剃髮為僧號藥地，辟疆亦棄諸生不仕．

（註四）鷄鳴埭即今之鷄鳴寺，六朝以來游讌勝地

〔註五〕燕子箋為石巢傳奇之一。阮鬍子劇本中最美者。據董刻本有崇禎壬午陽月草佩居士序。知此劇實壬午年所成。偵戲一齣繫諸癸未三月。時候恰相當。（廷燦謹案。王士正帶經堂集秦淮雜詩云『新歌細字寫冰紈。小部君王帶笑看。千載秦淮鳴咽水。不應仍恨孔都官』自注。弘光時阮司馬以吳綾作朱絲闌書燕子箋諸劇進宮中。）

〔註六〕石巢園大鋮所居。即以名其傳奇四種。

〔註七〕張南垣名漣善造庭園工壘石。吳偉業為之傳見梅村家藏稿。

〔註八〕詠懷堂大鋮所居。即以名其詩集。

〔註九〕王鐸字覺斯。弘光時大學士清師渡江迎降。以工書名明清間。

〔註十〕王士禎池北偶談云『丁繼之嘗與余游祖堂寺憩呈劍堂指示余曰「此阮懷寧度曲處也。阮避人於此。每夕與狎客飲。以三鼓為節客倦罷去。阮挑燈作傳奇達且不寐以為常」……祖堂寺在牛首山。』

〔註十一〕石巢傳奇四種一春燈謎。二燕子箋。三雙金榜。四獅子賺也。惟韋佩居士燕子箋序有『此石巢先生第六種傳奇』語。然則不止四種矣。據董文友所撰陳定生墓表。知尚有牟尼珠一種。餘一種待考。（廷燦謹案。傳奇彙考有忠孝環一種亦石巢所撰曲海目同。）

〔註十二〕董文友陳定生墓表云『諸名士畢集秦淮公讌呼大鋮所教歌兒奏燕子箋先生因與侯方域戟手罵大鋮不止已復掀髯大笑。笑大鋮何癡又謂大鋮非癡者。極贊其傳奇纖麗為之擊節。已而又大罵歌兒歸訴諸大鋮。遂決意殺先生』

〔註十三〕壯悔堂集癸未去金陵與阮光祿書云『執事僕之父行也。……理當謁然而不敢者。執事當自追憶其故。不必僕言之也。』

第五齣　訪翠

秦淮橋下水．
舊是六朝月．
烟雨惜繁華．
吹簫夜不歇．
——侯方域

金陵題畫扇．

時間　明崇禎十六年癸未三月．

地點　南京秦淮河畔．

人物

侯朝宗——生．

柳敬亭——丑．

蘇崑生——淨．

楊文驄——末．

李貞麗——小旦．

李香君——旦．

僕役——雜.

布景一——媚香樓外.

侯朝宗（麗服上）

金粉未消亡.

聞得六朝香.

滿天涯烟草斷人腸.

怕催花信緊.

風風雨雨.

誤了春光——（㴑山月）

小生侯方域.書劍飄零歸家無日.對三月艷陽之節.住六朝佳麗之場.雖是客

況不堪却也春情難按昨日會著楊龍友盛誇李香君妙齡絕色平康第一現

在蘇崑生敎他吹歌也來勸俺梳攏爭奈蕭索奚囊難成好事（註一）今乃清明

佳節獨坐無聊不免借步踏青覓到舊院一訪有何不可（行介）

望平康.

七六

鳳城東千門綠楊.

一路紫絲韁.

引遊郎.

誰家、乳燕雙雙.

〔柳上〕黃鶯驚曉夢白髮動春愁.〔喚介〕侯相公.何處閒遊.

侯〔回頭見介〕原來是敬亭來的好.也俺去城東踏青正苦無伴哩.

柳　老漢無事便好奉陪〔同行介〕〔指介〕那是秦淮水了.

侯　隔春波碧烟染窗.

　　倚晴天紅杏窺牆.

　　一帶板橋長.

　　閒指點茶寮酒舫.

柳　〔指介〕這是長橋.我們慢慢的走.

　　不覺來到舊院了.

侯　聽聲聲賣花忙.

穿過了條條深巷．

柳（指介）這一條巷．都是有名姊妹家．

侯　果然不同．你看黑漆雙門之上．

插一枝帶露柳嬌黃——　（錦纏道）

柳（指介）這箇高門兒．便是李貞麗家．

侯　我問你李香君住在那箇門裏．

柳　香君就是貞麗的女兒．

侯　妙妙．俺正要訪他恰好到此．

柳　待我敲門（敲介）

內（問介）那箇

柳　常來走動的老柳陪著貴客來拜．

內　貞娘香姐都不在家．

柳　那裏去了．

內　在卞姨娘家做盒子會哩．

柳　正是我竟忘了今日是盛會．

侯　爲何今日做會．

柳（拍腿介）老腿走乏了．且在這石磴上略歇一歇．從容告你．（同坐介）

柳 相公不知這院中名妓結爲手帕姊妹．就像香火兄弟一般每遇時節．便做盛會

結羅帕烟花雁行．

柳 赴會之日各攜一副盒兒都是鮮物異品有

侯 逢令節齊鬪新妝．

侯 是了今日清明佳節．故此皆去赴會．但不知怎麼叫做盒子會．（註二）

海錯．

柳 大家比較技藝．

江瑤．

侯 會期做些甚麼．

玉液漿．

撥琴阮笙簫嘹亮．

侯 這樣有趣也許子弟入會麼．

柳（搖手介）不許不許最怕的是子弟混鬧深深鎖住樓門只許樓下賞鑑．

侯　賞鑑中意的．如何會面．

柳　若中了意．便把物事拋上樓頭．他樓上也便拋下果子來．

　　　　　　　　　　　　　　　　　　　　　　　　　　八〇

侯　密約在芙蓉錦帳．——（朱奴剔銀燈）

柳　相當．（覚）飛來捧觴．

侯　既然如此．小生也好走走了．

柳　走走何妨．

侯　只不知卞家（註三）住在那廂．

柳　住在煖翠樓離此不遠．即便同行．（行介）

侯　掃幕家家柳．

柳　吹餳處處蕭．

侯　鶯花三里巷．

柳　烟水兩條橋（指介）此間便是相公請進．（同入介）

楊文驄蘇崑生（迎上）

楊　閒陪簇簇鶯花隊．

蘇　同望迢迢粉黛圍．（見介）

楊　侯世兄怎肯到此難得難得．

侯　聞楊兄今日去看阮鬍子不想這裏遇着

蘇　特為侯相公喜事而來．

柳　請坐（俱坐）

侯　（望介）好箇煖翠樓．

　　　　端詳．
　　　　窗明院敞．
　　　早來到溫柔睡鄉．

　　（問介）李香君為何不見．

楊　　現在樓頭．

蘇　（指介）你聽樓頭奏技了．

　　（內吹笙笛介）

侯　（聽介）

　　　鸞笙鳳管雲中響．

（內彈琵琶箏介）

侯（聽介）

絃悠揚．

內（打雲鑼介）

侯（聽介）

玉玎璫．

內（吹簫介）

侯（聽介）

翱翔雙鳳凰．

（大叫介）這幾聲簫吹的我消魂小生忍不住要打采了．

（取扇墜拋上樓介）

海南異品風飄蕩．

要打著美人心上痒．——

（雁過聲）

內（將白汗巾包櫻桃拋下介）

柳　有趣,有趣,擲下果子來了.

蘇　(解汗巾傾櫻桃盤內介)好奇怪,如今竟有櫻桃了.

侯　不知是那箇擲來的,若是香君豈不可喜.

楊　(取汗巾看介)看這一條冰綃汗巾有九分是他了.

李貞麗　(捧茶壺傾香君捧花瓶上)

麗　香草偏隨蝴蝶扇,美人又下鳳凰台.

蘇　(驚指介)都看仙人下界了.

柳　(合掌介)阿彌陀佛.

衆　(起介)

楊　(拉侯介)世兄認認,這是貞麗,這是香君.

侯　(見李貞麗介)小生河南侯朝宗,一向渴慕,今纔遂願.

　　(見李香君介)果然妙齡絕色,龍老賞鑑真是法眼.(坐介)

麗　虎邱新茶泡來奉敬.

　　(斟茶衆飲介)

李香君　綠楊紅杏,點綴新節.

　　(衆贊介)有趣,有趣,煮茗看花,可稱雅集矣.

楊　如此雅集．不可無酒．

麗　酒已備下．玉京主會不得下樓奉陪．賤妾代東罷．（喚介）保兒燙酒來．

僕役（提酒上）

麗　何不行箇令兒．大家歡飲．

柳　敬侯主人發揮．

麗　怎敢僭越．

蘇　這是院中舊例．

麗（取骰盆介）得罪了．（喚介）香君把盞待我擲色奉敬．

（衆）遵令．

麗（宣令介）酒要依次流飲．每一杯乾．各獻所長．便是酒底．么爲櫻桃．二爲茶．三爲柳．四爲杏花．五爲香扇墜．六爲冰綃汗巾．（喚介）香君敬侯相公酒．

香（斟生酒介）

麗（擲色介）是香扇墜．（讓介）侯相公速乾此杯．請說酒底．

侯（告乾介）小生做首詩罷．（吟介）南國佳人佩休敎袖裏藏隨郎團扇影搖動一身

楊　好詩．好詩．

柳　好箇香扇墜．只把搖擺壞了．

麗　該奉楊老爺酒了．

香　〔斟末酒介〕

麗　（擲介）是冰綃汗巾．

楊　我也做詩了．

麗　不許雷同．

楊　巾必由於春之生面也．伊何人之面．而以冰綃拭之．紅素相著之際．不亦深

也罷．下官做個破承題罷．（念介）覷拭汗之物而春色撩人矣．夫汗之沾

可愛也耶．

侯　絕妙佳章．

柳　這樣好文彩．還該中兩榜纔是．

香　（斟柳酒介）柳師父請酒．

麗　（擲色介）是茶．

柳　（飲酒介）我道恁薄．

麗　（笑介）非也．你的酒底是茶．

柳　待我說個張三郎吃茶罷．

麗：說書太長．說個笑話更好．

柳：就說笑話．（說介）蘇東坡同黃山谷訪佛印禪師．東坡送了一把定瓷壺．但
山谷送了一勛陽羨茶三人松下品茶佛印說『黃秀才茶癖天下聞名但
不知蘇鬍子的茶量如何今日何不鬧一鬧分個誰大誰小』東坡說『如
何鬧來』佛印說『你問一機鋒叫黃秀才答他若答不來吃黃秀才一棒我便
記一筆「鬍子打秀才了」你若答不來也吃黃秀才一棒我便記一筆「黃
秀才打了鬍子了」末後總算打一下吃一碗』東坡說『就依你說』東
坡先問『沒把葫蘆怎生擎』東坡答『把針尖磨去』佛印說『答的也
山谷問『沒把胡蘆怎生擎』東坡答『拋在水中』佛印說『答的好
不錯』東坡又問『虱在袴中有見無見』山谷未及答．東坡持棒就打山
谷正擎壺子斟茶失手落地打個粉碎東坡大叫道『和尚記著鬍子打了
秀才了』佛印笑道『你聽哪一聲鬍子沒打秀才．秀才倒打了壺子了．』

衆（笑介）」

柳：衆位休笑．秀才利害多著哩．（彈壺介）這樣硬壺子都打壞．何況軟壺子．

侯：敬老妙人．隨口詼諧都是機鋒．

麗　　香君敬你師父．

香（斟淨酒介）

麗（擲介）是杏花．

蘇（唱介）晚妝樓上杏花殘．猶自怯衣單．

香（向貞麗介）孩兒敬媽媽酒了．

麗（飲乾擲介）是櫻桃．

蘇　讓我代唱罷．（唱介）櫻桃紅綻玉粳白露．半晌恰方言．

柳　崑生該罰了．唱的脣上櫻桃．不是盤中櫻桃．

蘇　領罰．（自斟飲介）

麗　香君該自斟自飲了．

侯　待小生奉敬．

侯（斟香君介）

麗（擲介）不消猜是柳了．香君唱來．

香（羞介）

麗　孩兒覷覷．請個代筆相公罷．（擲介）二點是柳師父．

蘇　好好今日是他當值之日．

柳　我老漢姓柳飄零半世，最怕的是『柳』字，今日清明佳節，偏把個柳圈兒套住我老狗頭。

衆　（大笑介）

蘇　算了你的笑話罷。

侯　酒已有了，大家別過。

柳　才子佳人難得聚會，（拉侯香君介）你們一對兒吃個交心酒何如。

香　（羞遮袖下）

蘇　香君面嫩，當面不好講得，前日所定桃櫳之事，相公意下允否。

侯　（笑介）秀才中狀元，有甚麼不肯處。

麗　既蒙不棄擇定吉期，賤妾就要奉鑾了。

楊　這三月十五日花月良辰，便好成親。

侯　只是一件，客囊羞澀，恐難備禮。

楊　這不須愁，妝奩酒席，待小弟備來。

侯　怎好相累。

楊　當得效力。

侯　多謝了。

誤走到巫峯上．
添了些行雲想．
匆匆忘卻仙模樣．
春宵花月休成謊．
良緣到手難推讓．
准備著身赴高唐——

〔小桃紅〕

〔作辭介〕

麗　也不再留了．擇定十五日請下清客．邀下姊妹．奏樂迎親罷．

麗（下）

柳（向蘇介）呵呀．忘了．忘了．咱兩個不得奉陪了．

楊　為何．

蘇　黃將軍船泊水西門．也是十五日祭旗．約下我們吃酒的．

侯　這等怎處．

楊　還有丁繼之沈公憲張燕筑都是大請客借重他們陪陪罷．

蘇　煖翠樓前粉黛香．

楊六朝風致說平康.
柳踏青歸去春猶淺.
侯明日重來花滿床.

〔註一〕朝宗初識香君係己卯年事其時朝宗極豪恣汪有典與吳副榜傳云.「己卯夏.雪苑侯朝
宗來南雍朝宗年甫二十雄才灝氣挾萬金結客」據此則朝宗梳櫳香君無待他人助甍可知.

此齣云云借李姬傳中王將軍事作穿插耳詳第七齣注一.

〔注二〕沈石田（周）有盒子會歌并序見板橋雜記其序如下.

「南京舊院有色藝俱優者或二十三十姓結爲手帕姊妹每上節以春築巧其殼核相賽名
盒子會凡得奇品爲勝輪者罰酒酌勝者中有所私亦來挾金助會脈脈夜飲彌月而止席間
設燈張樂各出其技能賦此以識京城樂事也」

〔註三〕板橋雜記云『卞賽一日賽賽後爲女道士自稱玉京道人知書工小楷善畫蘭鼓琴喜
作風枝嬝娜一落筆畫十餘紙年十八遊吳門僑居虎邱湘簾棐几地無纖塵見客初不甚酬對
若遇佳賓則諧謔間作談辭如雲一坐傾倒葺歸秦淮遇亂復遊吳梅村學士作聽女道士卞玉
京彈琴歌贈之』案玉京與梅村雅有情愫讀梅村詩及序可見梅村集中琴河感舊四首亦爲
玉京而作.

〔註四〕香扇墜爲李君譯名見第六齣註八.

〔註五〕吳梅村柳敬亭傳云.「……過江休大柳下.生攀條泫然曰「吾今氏柳矣.」……此文
藍用其意.

第六齣　眠香

笙歌畫舫月初沉．
邂逅才人訂賞音．
福慧幾生修得到．
家家夫壻是東林．
　　——秦伯虞．
　　題板橋雜記．

時間　明崇禎十六年癸未三月．

地點　南京秦淮河畔媚香樓

人物　李貞麗——小旦．
　　　李香君——旦．
　　　侯朝宗——生．
　　　保兒——雜．
　　　楊文驄——末．
　　　丁繼之——副淨．

沈公憲──外．

張燕筑──淨．

卞玉京──老旦．

寇白門──小旦．

鄭妥娘──丑．

布景　媚香樓上陳設富麗之洞房．

備用物　妝奩鏡台箱籠銀封吉服酒壺酒杯筆硯詩扇詩箋吹彈樂器紅

燈二．銅錢十．

李貞麗（豔妝上）

短短春衫雙捲袖．
調箏花裏迷樓．
今朝全把繡簾鈎．
不教金線柳．
遮斷木蘭舟──
　　　　（臨江仙）

妾身李貞麗只因孩兒香君年及破瓜梳櫳無人日夜放心不下幸虧楊龍友

替俺招了一位世家公子．就是前日飲酒的侯朝宗．家道才名．皆稱第一．今乃
上頭吉日．大排筵席廣列笙歌．清客俱到．姊妹全來．好不費事．（喚介）保兒
那裏

保兒（攜扇慢上）席前擾趣話花裏聽情聲媽媽喚保兒那處送衾枕廳．

麗（怒介）啐今日香姐上頭貴人將到．你還做夢哩快快捲簾掃地安排桌几．

保兒　是了．

麗（指點排席介）

楊（新服上）

園桃紅似繡．

豔覆文君酒．

屏開金孔雀．

圍春畫．

滌了金甌．

點著噴香獸．

逗當爐紅袖．

桃花扇齦（上）

九三

誰作溫柔．拉與相如消受．——（一枝花）

麗（見介）下官楊文驄受圓海囑托來送梳櫳之物．（喚介）貞娘那裏．

楊　多謝作伐．喜筵俱已齊備．（問介）怎麼官人還不見到．

麗　想必就來．（笑介）下官備有箱籠數件．爲香君助妝．敎人搬來．

保兒（擡箱籠首飾衣物上）

楊（吩咐介）擡入洞房鋪陳齊整著．

保兒（應下）

麗（喜謝介）如何這般破費．多謝老爺．

楊（袖出銀介）還有備席銀三十兩交與廚房．一應酒殺俱要豐盛．

麗　益發當不起了．（喚介）香君快來．

香君（盛妝上）

麗　楊老爺賞了許多東西．上前拜謝．

香（拜謝介）

楊　些須小意．何敢當謝．請回請回．

香（卽入介）

九四

保兒　（急上報介）新官人到門了.

侯　（盛服從人上）雖非科第天邊客.也是嫦娥月裏人.

楊麗　（迎見介）

楊　恭喜世兄得了平康佳麗.小弟無以為敬.草辦妝奩.粗陳筵席.聊助一宵之

樂.

侯　（揖介）過承周旋.何以克當.

麗　請坐獻茶（俱坐）

保兒　（捧茶上飲介）

楊　一應喜筵安排齊備了麼

麗　托賴老爺件件完全

楊　（向侯拱介）今日吉席.小弟不敢僭越.竟此告別.明日早來道喜罷.

侯　同坐何妨.

楊　不便不便（別下）

保兒　請新官人更衣

侯　（更衣介）

麗　妾身不能奉陪.替官人打扮新婦.攛掇喜酒罷.（別下）

丁沈張（三清客上）一生花月張三影．（註一）五字宮商李二紅．

丁　在下丁繼之．

沈　在下沈公憲．

張　在下張燕筑．（註二）

張　今日吃侯公子喜酒只得早到．

丁　不知請那幾位賢歌來陪俺哩．

沈　說是舊院幾個老在行．

張　這等都是我梳攏的了．

丁　你有多大家私梳攏許多．

張　各人幫手你看今日侯公子何曾費了分文．

沈　不要多話侯公子堂上更衣大家前去作揖．

衆（與侯揖介）

衆　恭喜恭喜．

侯　今日借光．

寇卞鄭（三妓女上）情如芳草連天醉身似楊花盡日忙．（見介）

張　喚的那一部歌妓都報名來．

鄭　你是教坊司麼叫俺報名．

侯　（笑介）正要請敎大號．

卜　賤妾卜玉京．（註三）

侯　果然玉京仙子．

寇　賤妾寇白門．（註四）

侯　果然白門柳色．

鄭　奴家鄭妥娘．（註五）

侯　（沈吟介）果然妥當不過．

張　不妥不妥．

沈　怎麼不妥．

張　好偸漢子．

鄭　呸我不偸漢你如何吃得恁胖．

衆　（諢笑介）

卜　官人在此快請香君出來罷．

寇鄭　（扶香君上）

沈　我們做樂迎接．

丁張沈（吹打十番介）

侯香（見介）

鄭　俺院中規矩．不與拜堂．就吃喜酒罷．

侯香（上坐）

丁沈張（坐左邊介）

寇卜鄭（坐右邊介）

保兒　（執壺上）（左邊奉酒右邊吹彈介）

侯　齊梁詞賦．

　　陳隋花柳．

　　日日芳情�逗．

　　青衫倦倚．

　　今番小杜揚州．

　　尋思描黛．

　　指點吹簫．

香

從此春入手．
秀才渴病急須救．
偏是斜陽遲下樓．
剛飲得一杯酒——
（右邊奉酒左邊吹彈介）

（梁州序）

樓臺花顫．
簾櫳風抖．
倚著雄姿英秀．
春情無限．
金釵肯與梳頭．
閒花添豔．
野草生香．
消得夫人做．
今宵燈影紗紅透．

見慣司空也應羞．

破題兒眞難就——（梁州序）

丁　你看紅日銜山烏鴉選樹快送新人回房罷．

且不要忙侯官人當今才子梳櫳了絕代佳人合歡有酒豈可定情無詩乎．

沈　說的有理待我磨墨拂箋伺候揮毫．

張　不消詩箋小生帶有宮扇一柄就題贈香君永爲訂盟之物罷．

侯　妙妙我來捧硯

鄭　看你這觥臉只好脫韡罷了．

寇　這個硯兒倒該借重香君．

卞　是呀．

衆　（捧硯）

香　（書扇介）

侯　（念介）夾道朱樓一徑斜．王孫初御富平車青溪盡是辛夷樹．不及東風

衆　桃李花．（註六）

香君　好詩好詩香君收了．

香君（收扇袖中介）

一〇〇

鄭　俺們不及桃李花罷了。怎的便是辛夷樹。

張　辛夷樹者枯木逢春也。

鄭　如今枯木逢春也曾鮮花著雨來。

保兒　（持詩箋上）楊老爺送詩來了。

侯　（接讀介）生小傾城是李香懷中婀娜袖中藏。緣何十二巫峯女。夢裏偏

侯　來見楚王。（註七）

衆　（笑介）此老多情。送來一首催妝詩妙絕妙絕。

鄭　『懷中婀娜袖中藏』說的香君一搦身材竟是個香扇墜兒。（註八）

張　他那香扇墜能值幾文怎比得我這琥珀猫兒墜。

丁　（笑介）

衆　大家吹彈起來。勸新人多飲幾杯。

鄭　正是帶些酒與好入洞房

　　（左右吹彈侯香交讓酒介）

侯香　金尊佐酒籌。

　　勸不休。

沈沈玉倒黃昏後.

私攜手.

眉黛愁.

香肌瘦.

春宵一刻天長久.

人前怎解芙蓉扣.

盼到燈昏玳筵收.

宮壺滴盡蓮花漏.——

（節節高）

丁 鄭 張 卜 衆 合

你聽譙樓二鼓天氣太晚撤了席罷.

這樣好席不曾吃淨就撤了去豈不可惜.

我沒吃够哩衆位略等一等兒.

休得胡纏大家做樂送新人入房罷.

（起吹打十番送侯香介）

笙簫下畫樓.

度清謳.
迷離燈火如春晝.
天台岫.劉.
逢阮.
眞佳偶.
重重錦帳香薰透.
旁人妒得眉頭皺.
酒態扶人太風流.
貪花福分生來有.———
（節節高）

保兒　（執燈）
侯香　（攜手下）
張　　我們都配成對兒.也去睡罷.
鄭　　老張休得妄想我老妥是要現錢的.
張　　（數與十分錢拉介）

鄒合

（接錢再數換低錢譚下）

秦淮烟月無新舊．
脂香粉膩滿東流．
夜夜春情散不收．——
〈尾聲〉
丁江南花發水悠悠．
寇人到秦淮解盡愁．
沈不管烽烟家萬里．
卜五更懷裏囀歌喉．

（註一）錢牧齋贈張燕筑詩云『一生花月張三影．兩鬢滄桑郭四朝』此用其一句．丁張

（註二）板橋雜記云『丁繼之扮張魋兒張燕筑扮賓頭盧朱維章扮武大郎皆妙絕一世．丁張
二老並壽九十餘錢虞山（謙益）題三老圖詩末句云「秦淮烟月經遊處華表歸來白鶴知
」不勝黃公酒壚之歎』又云『曲中狎客則有張卯官笛張魁官簫管五官管子吳章甫秡索
錢仲文打十番鼓丁繼之張燕筑沈元甫王公遠朱維章串戲柳敬亭說書』又云『沈公憲以
串戲擅長當時推爲第一』公憲元甫是一是二待考丁沈張三人中丁名最烜赫錢牧齋集中
題之詩前後十餘首其題丁老畫像絕句云『倚杖鍾山看落暉人民城郭總依稀閒搢老眼
臨靑鏡可是重來丁令威』倘有壽丁繼之七十丁老行題丁家河房亭子留題丁家水閣絕句

等篇。龔芝麓定山堂集有題丁繼之秦淮水閣。清河道上丁繼之送別。九日邀諸君聽張燕筑丁繼之度曲等篇。王漁洋曾僧繼之游山見池北偶談。且記其名為丁胤。云亭譜桃花扇。請丁繼之之友為度曲。著之本末漫述中。可見其聲名傾動一時矣。錢龔集中亦有贈張燕筑詩。惟沈公憲除板橋雜記外他書罕見其名。

〔註三〕卞玉京事見第五齣注三。

〔註三〕板橋雜記云。「寇湄字白門。錢虞山詩云。「寇家姊妹總芳菲。十八年來花信遲。今日秦淮恐相值。防他紅淚一沾衣」。則寇家多佳麗。白門其一也。白門娟娟靜美。跌蕩風流能度曲善韻粗知拈韻吟詩。然滑易不能竟學十八九。時為保國公購之。貯以金屋如李掌武之謝秋娘也甲申三月。京師陷。保國生降家口悉沒入官。白門以千金予保國贖身跳出馬短衣從一婢南歸歸為女俠築園亭結賓客日與文人騷客相往還酒酣以往或歌或哭亦自歡美人之遲暮喫喫紅豆之飄零欲留之偶薦韓生以他故辭猶執手不忍別至夜開韓生在婢房笑語奮身起喚婢自鐉歡十咽咽其肉病逾劇醫藥罔效遂以死虞山金陵雜題有云。「寇白來綢繆悲泣欲留之偶薦韓生行欲嚙其肉病逾劇醫藥罔效遂以死虞山金陵雜題有云。「寇白門甲士五十俱執絳紗燈照耀如同自畫國初籍沒諸勛門南院敦坊中女也。朱寶歡姬自給姬度亦在所遣中一日謂朱曰。公若寶妾計所得不過數百衞朱盡室入燕都。次第冀欧卻死。佝能持我公陰事不若使妾南歸一月之間。當得萬金徒令妾落沙吒利之手且妾固未嘅卻死。佝能持我公陰事不若使妾南歸一月之間。當得萬金以報公度無可奈何縱之歸越一月果得萬金。」吳梅村有贈寇白門絕句四首其一云。「南內無人吹洞簫。莫愁湖畔馬蹄驕殿前伐盡靈和柳誰與蕭娘鬬舞腰」。

〔註五〕況夔笙〔周儀〕香東漫筆云。「鄭如英字無美小字妥娘工詩詞與卞賽寇姬相謔羽

也。桃花扇傳奇眠香選優等齣。以阿丑之詼諧。作無鹽之刻畫。肆打諢若瓦礫陋姝。一丁不識

者。然殆未深考。虞山（錢牧齋）金陵雜題。「舊曲新詩壓敎坊。縷衣垂白感湖湘。開開閨集敎

孫女。身是前朝鄭妥娘。」板橋雜記謂。「頓老琵琶妥娘詞曲。祇應天上。難得人間。」漁洋秋柳

詩唐葆年云爲妥娘作。風調可想。妥娘詩載列朝詩選閨集。雨中送期蓮生云。「執手難分處。前

車問板橋。愁從風裏長。魂向別時銷。客路雲峯樹。狀慕與朝。心旌誰復定。幽夢任搖搖。」春日

寄懷云。「月落西軒夜色闌。孤衾不耐五更寒。君情莫作花梢露。綫對朝曦濕便乾。」「沈沈無

語意如癡。春到窗前竟不知。忽見寒梅香欲褪。一枝猶憶寄相思。」又徐興公筆精云。「冒伯麐

選秦淮四美詩曰。馬湘蘭。趙今燕。朱泰玉。鄭無美。各以風情韻價重一時。」鄭詩留秋云。「我

欲留秋住。寒衣不忍裁。歸期何用速。倘有海棠開。」答潘景升寄懷云。「投我以明鏡。照妾如蓬

首。報以凝脂膏。膩齊染君手。遺我屑金墨。報君芙蓉紙。合豪若有懷。應念人千里。」閨懷云。「曲

曲迴廊十二闌。風飄羅袂怯春寒。桃花帶雨如含淚。只恐多情不忍看。」春日寄懷云。「欲拊朱絃韻未調

心不奈可憐宵。移來月色簾生白。蟀無寐坐通宵。」「春深鎖日雨瀟瀟。任是無

懷也寂寥。最苦與君初別後。孤幃莫坐通宵。」「浪說掌書仙。塵心譎九天。喧卑良以厭。徵逐苦相

牽。綫綺音誰賞。紅樓月任圓。羞題班女扇。嬾孽薛濤箋。度曲翻成偶。鍾情豈是禪。帆依元素志隆

去歸期杳。空立樓頭聽馬嘶。」酒次逃懷云。「春到深閨徑草迷。柳搖新綫拂牆低。天涯人

落亦前緣。以我方求渡。逢君轉自憐。眼中知已在。說已竟徒妍。」又明詞綜鄭妥娘浪淘沙云。「

日午倦梳頭。風靜簾鉤一窗花影擁香篝。試問別來多少恨。江水悠悠。新燕語春秋。淚溼羅襦何

時重話水邊樓。夢到天涯芳草暮。不見歸舟。」著有紅豆詞采入衆香集。茲並錄之。俾讀曲者資

考證焉。

（註六）此詩見四憶堂詩集卷二。題曰贈人。

（註七）此詩乃余澹心贈香君之作，魏子一（學濂）爲題壁者，見板橋雜記。

（註八）原批云：『香君身材嬌小，諢號「香扇墜」，舊院人多呼之。』

第七齣　卻奩（註一）

　　畢竟我婦人家難決雌雄，
　　則願你
　　決雌雄的放出些男兒勇。

吳梅村臨春閣

時間　明崇禎十六年癸未三月十六日晨。

地點　南京秦淮河媚香樓

人物　保兒——雜。

　　楊龍友——末。

　　李貞麗——小旦。

　　侯朝宗——生。

　　李香君——旦。

布景一——幕外。

備用物──馬桶.

保兒（撥馬桶上）

龜尿龜尿撒出小龜.
龜血龜血變成小鼈.
龜尿鼈血看不分別.
鼈血龜尿說不清白.
看不分別混了親爺.
說不清白混了親伯.

（笑介）

胡鬧胡鬧昨日香姐上頭.亂了半夜.今日早起.又要刷馬桶.倒溺壺.忙箇不了.那些孤老表子還不知搜到幾時哩（刷馬桶介）

楊龍友（上）

人宿平康深柳巷.
驚好夢門外花郎.
繡戶未開.
簾鈎纔響.

春阻十層紗帳．——（夜行船）

下官楊文驄早來與侯兄道喜你看院門深閉侍婢無聲想是高眠未起（喚

介）保兒你到新人窗外說我早來道喜

保兒　昨日睡遲了今日未必起來哩老爺請回明日再來罷

楊　（笑介）胡說快快去問．

麗　（內問介）保兒來的是那一箇

保　是楊老爺道喜來了．

麗　（忙上）

倚枕春宵短．

敲門好事多．

楊　（見介）多謝老爺成了孩兒一世姻緣．

麗　好說（問介）新人起來不曾

楊　昨晚睡遲都還未起哩（讓坐介）老爺請坐待我去催他．

麗　（下）

楊　兒女濃情如花釀．

美滿無他想．

黑甜共一鄉．

可也虧了俺幫襯——

懸出風流榜．——

（步步嬌）

件件助新妝．

羅綺飄蕩．

珠翠輝煌．

麗（上）好笑好笑兩箇在那裏交扣丁香．並照菱花梳洗纔完穿戴未畢請老爺同

到洞房喚他出來好飲扶頭卯酒

楊　驚卻好夢得罪不淺

（同下）（幕開）

布景二——李香君洞房．

備用物——花翠新衣詩扇．

侯香（豔妝上）

侯　這雲情接着雨況．
　　剛搔了心窩奇痒．
　　誰攪起睡鴛鴦．
　　被翻紅浪．
　　喜匆匆滿懷歡暢．

合　消魂滋味
　　帕上餘香．
　　枕上餘香．
　　纏從夢裏嘗．

楊麗（上）
楊　果然起來了．恭喜恭喜．
（一揖坐介）
楊　昨晚催妝詩句可還說的入情麼．
侯（揖介）多謝（笑介）妙是妙極了只有一件——

楊　那一件．

侯　香君雖小還該藏之金屋．（看袖介．）小生衫袖如何著得下．

（俱笑介．）

楊　夜來定情．必有佳作．

侯　草草塞責不敢請教．

楊　詩在那裏．

香　詩在扇頭（向袖中取出扇介．）

楊　（接看介）是一柄白紗宮扇．（嗅介．）香的有趣．（吟詩介．）妙妙只有香君不愧此

　　詩．（付香介．）還收好了．

香　（收扇介．）

楊　正苽芳桃香李香．

　　都題在宮紗扇上．

　　怕遇著狂風吹蕩．

　　須緊緊袖中藏．

　　須緊緊袖中藏——（園林好）

一二○

楊　（看香介）你看香君上頭之後更絕豔麗了．（向侯介）世兄有福消此尤物．

侯　香君天姿國色今日插了幾朵珠翠穿了一套綺羅十分花貌又添了二分．

果然可愛．

麗　這都虧了楊老爺幫襯哩．

香　送到纒頭錦．

百寶箱．

珠圍翠繞流蘇帳．

銀燭籠紗通宵亮．

金杯勸酒合席唱．

今日又早早來看——

恰似親生自養．

賠了妝奩．

又早敲門來望——（紅兒水）

俺看楊老爺雖是馬督撫至親却也拮据作客．爲何輕擲金錢來塡烟花之

窟．在奴家受之有愧．在老爺施之無名．今日問箇明白．以便圖報．

侯　香君問得有理．小弟與楊兄萍水相交．昨日承情太厚．也覺不安．

楊　既蒙問及．小弟只得實告了．這些妝奩酒席．約費三百餘金．皆出懷寧之手．

侯　那箇懷寧．

楊　曾做過光祿的阮圓海．

侯　是那皖人阮大鋮麼．

楊　正是．

侯　他爲何這樣周旋．

楊　不過欲納交足下之意．

義　你風流雅望．

東洛才名．

西漢文章．

逢迎隨處有．

爭看坐車耶．

秦淮妙處．

侯　楊

暫尋箇佳人相傍．

侯　楊

也要些鴛鴦被芙蓉妝．

侯　楊

你道是誰的

是那南鄰大阮．

嫁衣全忙——（五供養）

阮圓老原是敝年伯小弟鄙其為人．絕之已久．他今日無故用情．令人不解．

請教．

圓老有一段苦衷欲見白於足下．

圓老當日曾遊趙夢白之門．原是吾輩後來結交魏黨．只為救護東林．不料

魏黨一敗東林反與之水火近日復社諸生倡論攻擊大肆殿辱豈非操同

室之戈乎圓老故交雖多因其形跡可疑亦無人代為分辨每日向天大哭

說道『同類相殘傷心慘目非河南侯君不能救我』所以今日諄諄納交

原來如此俺看圓海情辭迫切不覺可憐就便真是魏黨悔過來歸亦不可

絕之太甚況罪有可原乎定生次尾皆我至交明日相見即為分解

果然如此吾黨之幸也

（怒介）官人是何說話．阮大鋮趨附權奸．廉恥喪盡．婦人女子．無不唾罵他．人攻之．

官人救之．官人自處於何等也

不思想

把話兒輕易講．

要與他消釋災殃．

要與他消釋災殃——

也提防旁人短長．

官人之意．不過因他助我妝奩．便要徇私廢公．那知道這幾件釵釧衣裙．原放

不到我香君眼裏．（拔簪脫衣介）

脫裙衫．

窮不防．

布荊人．

名自香——（川撥棹）

呵呀．香君氣性忒也剛烈（註二）

麗
侯

把好好東西都丟一地．可惜可惜．（拾介．）

好好好這等見識我倒不如眞乃侯生畏友也．（向楊介．）老兄休怪弟非

不領教但恐爲女子所笑耳（註三）

平康巷

他能將名節講．

偏是咱學校朝堂．

偏是咱學校朝堂．

混賢奸不問靑黃

那些社友平日重俺侯生者也只爲這點義氣我今依附奸邪那時羣起來攻．

自救不暇焉能救人乎

節和名．

非泛常．

重和輕．

須審詳——

（川撥棹）

桃花扇註（上）

一一七

楊　圓老一段好意。也還不可激烈。

侯　我雖至愚亦不肯從井救人。

楊　既然如此小弟告辭了。

侯　這些箱籠原是阮家之物香君不用留之無益還求取去罷。

楊　正是

　　多情反被無情惱。

　　乘興而來興盡還。

（下。）

香　（惱介）

侯　（看香介）俺看香君天姿國色摘了幾朵珠翠脫去一套綺羅十分容貌又添十分更

　　覺可愛。

　　雖如此說捨了許多東西倒底可惜。

麗　金珠到手輕輕放。

　　慣成了嬌癡模樣。

　　孤負俺辛勤做老娘。——

　　（尾聲）

侯　些須東西·何足挂念·小生照樣賠來·

　　這等纔好·

麗　花錢粉鈔費商量·

香　裾布釵荊也不妨·

侯　只有香君能解佩·

香　風標不學世時妝·

（註一）阮大鋮自防亂公揭刊播後·欲納交於侯朝宗·此事實也·朝宗之不爲大鋮所賣·賴得李
香君提醒之力·此亦事實也·大鋮因此大恨朝宗·以及香君此亦事實也·但大鋮所賣綠以納交
者並非楊龍友·其納交手段亦非贈香君妝奩·其事又在崇禎十二年·而非在十六年·贖朝宗所
作李姬傳自悉傳云
『大鋮屏居金陵·爲淸議所斥·陽羨陳貞慧貴池吳應箕首其事·持之力·大鋮不得已·欲侯
生爲解之·乃假所善王將軍日載酒食與侯生游·姬曰『王將軍貧·非結客者·公子盍叩之·』
侯生三問將軍乃屏人述大鋮意·姬私語侯生曰『妾少從假母識陽羨君·其人有高義·聞吳
君尤錚錚·今皆與公子善·奈何以阮公負至交乎』······生大呼稱醉而臥·王將軍者殊快
快因辭去』
又朝宗癸未去金陵日·與阮光祿書亦云
『······忽一日有王將軍過僕甚恭·每一至必邀僕寫詩歌·既得必喜而爲僕置酒奏伎招遊

肪攔山展，股股積句不倦，僕初不解，既而疑以問，將軍乃屏人以告僕曰：「是皆阮光祿所願納交於君者也，光祿方爲諸君所訴願，更以道之君之友陳君定生吳君次尾庶稍瀹乎」僕斂容謝之曰：「光祿身爲貴卿，又不少佳賓客足自娛，安用此二三書生爲哉，僕道之兩君必重爲兩君所絕若僕獨私從光祿遊，又竊恐無益光祿辱相款八日意良厚然不得不絕矣！……」

右兩段敘述此事始末甚明，然則爲阮奔走者實一不知名之王將軍而於龍友無與。其所藉以納交者亦不過實酒招肪等事，與香君妝奩無與。香君亦不過勸朝宗擇交，無所謂卻奩之事也。其事又當在己卯而非在乙未何以知之。朝宗之識香君在己卯，明見李姬傳朝宗又有答田中永書言『未幾下第去不復更與李相見。』據年譜朝宗己卯下第後庚辰返商丘主雪苑社辛巳曾一遊建德壬午則隨其父在軍中旋爲叛將劉超所劫其間皆無從與香君面也攜姬南遊麗華藉甚陳吳新與交契當時情形蓋己卯春間公揭刊播大鍼見朝宗齒稚謂可愚弄又恃與其家有年誼故欲利用之。朝宗未始不爲所動而香君俠且慧能匡朝宗勿使陷非義此其事固有可傳者非作史原不必刻舟求劍也。

（註二）香君氣性剛烈當是實情，婦人集冒襄註於李香條下引有朝宗與陳處士（當卽定生）一小札云

「昨域歸來，有人倚闌小語，謂足下與域至契，既知此舉必在河亭，凝望冀月落星隱，少申夙諸，不意足下誘李君虞作薄倖十郎也然則一夜徬徨失卻十年相知羅袖拂衣又離信此盛遇乎域卽冒受法太過之嫌然有意外之逢此卽至誠之報也足下表章自是不藏譽之美其實天王明聖不介而孚遭際如此臣願畢矣今日雅集亟欲過談而香姬盛怒足下關昨日乘

其作主而私議十郎。堅不可解。則域雖欲過從。恐與人臣無私交之義。未有當也。」

此雖僅寫香君慰勉之懃。然其風調略可見。

（註三）朝宗答田中丞書云：「僕雖書生。常恐一有蹉跌。將爲此妓所笑。」

第八齣　鬧榭

公子豪華盡妙才。

秦淮燈舫一時開。

千金置酒渾閒事。

不許奄兒入社來。

——陳于玉題桃花扇詩。

時間　明崇禎十六年癸未五月。

地點　南京秦淮河。

人物　陳貞慧——末。

　　　吳應箕——小生。

　　　侯朝宗——生。

　　　李香君——旦。

柳敬亭——丑.

蘇崑生——淨.

阮大鋮——副淨.

小僮——雜.

優人——衆雜.

布景——場上搭河房一座.懸燈垂簾.

備用物——燈籠酒壺酒杯燈船三樂器筆硯箋.

陳　貢院秦淮近.

賽青衿臙金零粉.

吳　節鬧端陽只一瞬.

滿眼繁華.

王謝少人間.——（金鷄叫）

陳　（喚吳介）次尾兄我和你旅邸抑鬱特到秦淮賞節怎的不見同社一人.

吳　想都在鐙船之上（指介）這是丁繼之水榭（註一）正好登眺

（同登介．）

陳　（喚介．）丁繼老在家麼．

小僮（上）
　　　榴花紅似火．
　　　艾葉碧如烟．

（見介．）原來是陳吳二位相公．我家主人．赴燈船會去了．家中備下酒席．但有客

陳　來．

吳　我們在此雅集恐有俗子闖入．不免設法拒絕他（喚介．）童子取箇燈籠

陳　可稱主人好事矣．

吳　這般有趣．

陳　來．隨便留坐的．

僮　（應下．）（取燈籠上．）

陳　（寫介．）『復社會文閒人免進．』

僮　（挂燈籠介．）

吳　若同社友到此．便該請他入會了．

陳　正是．

僮　（指介．）你聽鼓吹之聲．燈船早已來也．

陳吳（凭闌望介）

侯朝宗李香君柳敬亭蘇崑生（吹彈鼓板坐船上）

陳 絲竹隱聞

　載將來——

　一隊烏帽紅裙．

　天然風韻．

　映著柳陌斜矄．

　名姝也須名士覷．

　畫舫偏宜畫閣鄰

吳 消魂．

　趁晚涼仙侶同羣——

　（八聲甘州）

陳（指介）那燈船上好似侯朝宗．

吳　侯朝宗是我們同社該請入會的，

陳（指介）那箇女客便是李香君也好請他麼．

吳　李香君不受阮鬍子妝奩．竟是復社的朋友．請來何妨

陳　這等說來．（指介）那兩個吹歌的——柳敬亭蘇崑生——不肯做阮鬍

吳　子門客．都是復社朋友了．請上樓來．更是有趣

陳　待我喚他．（喚介）侯社兄．侯社兄

侯（望見介）那水榭之上高聲喚我的．是陳定生吳次尾．（拱介）請了

陳（招手介）這是丁繼之水榭備有酒席．侯兄同香君敬亭崑生都上樓來．大家賞節罷

侯　最妙了．（向柳蘇香介）我們同上樓去．（吹彈上介）

侯香　龍舟並．

陳　畫槳分．

　　葵花蒲葉泛金尊．

　　朱樓密．

　　紫障勻．

　　吹簫打鼓入層雲——　　（排歌）

　　（見介）

陳　四位到來．果然成了箇『復社文會』了．

侯　　如何是『復社文會』。

吳　（指燈介）請看。

侯　（看燈籠介）不知今日會文．小弟來的恰好。

吳　『閒人免進』我們未免唐突矣。

柳　你們不肯做阮家門客的那箇不是復社朋友．

吳　難道香君也是復社朋友麼．

侯　香君卻纔一事只怕復社朋友還讓一籌哩．

吳　已後覺該稱他老社嫂了。

陳　（笑介）

香　（喚介）豈敢。

陳　童子把酒來斟．我們賞節

（陳吳侯坐一邊柳蘇香坐一邊飲酒介）

陳吳　相親．

　　　風流俊品．

　　　滿座上都是語笑春溫．

柳蘇　梁愁隋恨．

憑他燕惱鶯嗔．

侯　榴花照樓如火噴．

香　暑汗難沾白玉人．

僮　（報介）燈船來了燈船來了．（指介）你看人山人海．圍着一條燭龍．快快看來．

衆　（起凭闌看介）

（扮出燈船懸五色角燈大鼓大吹繞場數回下）

柳　你看這般富麗都是公侯勳衛之家

（又扮燈船懸五色紗燈打粗十番繞場數迴下）

蘇　這是些富商大賈衙門書辦卻也鬧熱

（又扮燈船懸五色紙燈打細十番繞場數迴下）

陳　你看船上喫酒的都是些翰林部院老先生們．

吳　我輩的施爲倒底有些郊寒島瘦．

衆　（笑介）

合　紛紜——

　　望金波天漢迷津——

　　　（八聲甘州）

侯　夜闌更深，燈船過盡了．我們做篇詩賦，也不負會文之約．

陳　是是但不知做何題目．

陳　做一篇哀湘賦，倒有意思的．

吳　依小弟愚見，不如卽景聯句，更覺暢懷．

陳　妙妙（問介）我三人誰起誰結．

侯　自然讓定生兄起結了．

柳（問介）三位相公聯句，消夜俺們三箇陪著打盹麼．

陳　也有箇借重之處．

蘇　有何使喚．

陳　俺們每成四韻飲酒一杯，你們便吹彈一回．

侯　有趣有趣，眞是文酒笙歌之會．

陳（拱介）小弟覺懵了．

吳（吟介）賞節秦淮樹渝心劇孟家．

侯　黃開金裏葉紅綻火燒花．

陳　蒲劍何須試，葵心未肯差．

陳　避兵逢綵縷，卻鬼得丹砂．

一三八

陳吳侯（飲酒介）

（柳擊雲鑼蘇彈月琴香吹簫一回介）

吳　閭市樓縹緲虹橋洞曲斜

侯　燈疑羲氏馭舟是豢龍拏

陳　星宿繁離海玻璃更鍊媧

吳　光流銀漢水影動赤城霞

（照前飲酒吹彈介）

侯　玉樹難諧拍漁陽不辨撾

陳　龜年喧笛管中散鬧箏琶

吳　擊纜千條錦連颺萬眼紗

侯　楸枰停鬪子瓷注屢呼茶

（照前飲酒吹彈介）

陳　焰比焚椒烈聲同對壘譁

吳　電雷爭此夜珠翠睹誰家

侯　螢照無人苑烏啼有樹衙

陳　憑欄人散後作賦弔長沙

桃花扇註（上）

一三九

（照前飲酒吹彈介。）

眾（起介。）

陳　有趣有趣．覚聯成一十六韻．明日可以發刻了．

吳　我們唱和得許多感慨他們吹彈出無限淒涼．樓中船中料無解人也．

蘇（向柳介）閒話且休講．自古道良宵苦短．勝事難逢我兩箇一邊唱曲陳吳二位相公

柳　一邊勸酒讓他名士美人．另做一箇風流佳會何如

陳　使得這是我們幫閒本等也．

吳　我與次兄原有主道．正該少申敬意．

　　就請依次坐來．

（侯香正坐陳吳坐左柳蘇坐右介．）

侯（向香介）承眾位雅意讓我兩箇並坐牙牀又喫一回合巹雙杯．倒也有趣．

香（做笑介．）

陳吳（勸酒。）

蘇柳（唱介。）

歌繞發．

燈未昏．

一三〇

佳人重抖玉精神.

詩題壁.

酒沾脣.

才郎偏會話溫存.——（排歌）

陳　夜已三更怎的還有燈船．

僮　（報介）燈船又來了．

　　（俱起憑欄望介）

阮大鋮　（坐燈船優人細吹細唱緩緩上）

蘇　這船上像些老白相大家洗耳細細領略．

阮　（立船頭自語介）我阮大鋮買酒載歌原要早出遊賞只恐遇著輕薄廝鬧故此半夜纔來好惱人也．（指介）那丁家河房尚有燈火．（喚介）小廝看有何人在上．

雜　（上岸看回報介）燈籠上寫著『復社會文閒人免進』．

阮　（驚介）了不得了不得．（搔袖介）快歇笙歌快滅燈火．

　　（滅燈止吹悄悄撐船下）

陳　好好一隻燈船．爲何歇了笙歌．滅了燈火悄然而去．

吳　這也奇怪．快著人看來．

柳　不必去看．我老眼雖昏早已看眞了．那箇豁子便是阮圓海．

蘇　我道吹歌那樣不同．

陳　（怒介）好大膽老奴才這賣院之前也許他來遊耍麼（眩二）

吳　待我走去採掉他豁子（欲下介）

侯　（攔介）罷罷他旣迴避我們也不必爲已甚之行．

柳　侯兄不知我不已甚他便已甚了．

陳　船已去遠丟開手罷．

吳　便益了這豁子．

香　夜色已深大家散罷．

柳　香姐想媽媽了．我們送他回去．

陳吳　我二人不回寓就下榻此間了．

侯　兩兄既不回寓．我們過船的就此作別罷．請了．

陳吳　請了．（先下）

侯香柳蘇　（下船雜搖船行介）

下樓臺遊人盡．

小舟留得一家春．

只怕花底難敲深夜門——

（徐文）

侯月落烟濃路不眞．

香小樓紅處是東鄰．

柳秦淮十里盈盈水．

蘇夜半春帆送美人．

（註一）錢牧齋有題丁家河房亭子詩自註云『在靑溪筩步之間』詩云『花邊柳外市朝新．夢裏華胥自好春．夾岸虯鼉三月柳疏窗金粉六朝人小姑溪水爲鄰並邀筩風流是後身白首吳鈎仍惜客看籌一笑是長貧』牧齋芝�籌皆常假寓丁家水榭題詠甚多．

（註二）闌榭亦未必實有其事．不過借以寫復社少年驕氣．

第九齣　撫兵

慰三軍沒別法．

許就糧喧聲繞罷．

誰知俺一片葵傾向日花．

——本詞

時間　明崇禎十六年癸未七月．

地點　武昌寧南侯營中．

人物　二將官——副淨末．

　　　四小卒——雜．

　　　左良玉——小生．

布景　寧南侯營中點卯陞帳處．

備用物　令箭．

二將．四卒（上）

旗捲軍牙．

射潮弩發鯨鯢怕．

操弓試馬．

鼓角斜陽下．

俺們鎮守武昌兵馬大元帥寧南侯麾下將士是也．今日點卯日期．元帥陞帳．

只得在此伺候．

（吹打開門門介）

（戎裝扮上）七尺昂藏．

虎頭燕頷如畫．

莽男兒走遍天涯．

活騎人．

飛食肉風雲叱咤．

報國恩．

一腔熱血揮洒．——

（粉蝶兒）

建牙吹角不聞喧．三十登壇衆所尊家散萬金酬士死身留一劍答君恩．咱家左良玉（註一）表字崑山家住遼陽世爲都司只因得罪罷職補糧昌平幸遇軍門侯恂拔於走卒（註二）命爲戰將不到一年又拜總兵之官北討南征功加侯伯强兵勁馬列鎮荊襄（作勢介）看俺左良玉自幼學習武藝能挽五石之弓善爲左右之射那李自成張獻忠幾個毛賊何難剿滅只可恨督師無人機

宜錯過．熊文燦、楊嗣昌、旣以偏私而敗績．丁啓睿、呂大器、又因怠玩而無功．（註

三）只有俺恩帥侯公智勇兼全儘能經理中原．不意奸人忌功纏用卽休（註四）

叫俺一腔熱血報主無期好不恨也．（頓足介）罷罷罷這湖南湖北也還可

戰可守且觀成敗再定行藏．（坐介）

內（作衆兵喊叫）

左（驚問介）轅門之外何人喧嘩．

二將官（稟介）稟上元帥轅門肅靜誰敢喧嘩．

左（怒介）現在喧嘩怎報沒有．

二將官　那是飢兵討餉並非喧嘩．

左　喥前自湖南借粮三十船不到一月．難道支完了．

二將官　稟元帥本鎮人馬已足三十萬了些須粮草那够支銷．

左（拍案介）呵呀這等卻也難處哩．（立起唱介）

你看中原豺虎亂如麻．

都窺伺龍樓鳳闕帝王家．

有何人勤王報主．

肯把義旗擎．

那督師無老將．

選士皆嬌娃．

卻教俺自撐達．

卻教俺自撐達．

正騰騰殺氣．

這軍糧又早缺乏．

一陣陣拍手喧嘩．

一陣陣拍手喧嘩．

一陣陣拍手喧嘩．

百忙中教我如何答話．

好一似薨薨白晝鬧蜂衙——

（北石榴花）

（坐介）

內（又喊介）

左　你聽外邊將士益發鼓譟．好像要反的光景．左右聽俺吩咐．（立起唱介）

您不要錯怨咱家．

您不要錯怨咱家．

誰不是天朝犬馬．

他三百年養士不差．

三百年養士不差．

都要把良心拍打．

爲甚麼擊鼓敲門鬧轉加．

敢則要劫庫搶官衙．

俺這裏望眼巴巴．

俺這裏望眼巴巴．

候江州軍粮飛下．——

（上小樓）

（坐介）（抽令箭擲地介）

二將官（拾箭向內吩咐介）元師有令三軍聽者目下軍餉缺乏乃人馬歸附之多．

非粮草積屯之少朝廷深恩不可不報將軍嚴令不可不遵況江西助餉指

一三八

日到轅各宜靜聽．勿得喧嘩．

二將官（回話介）奉元帥軍令俱已曉諭三軍了．

內（又喊叫介）

左　怎麼鼓噪之聲漸入轅門．你再去吩咐．（立起唱介）

您且忍枵腹這一宵．

盼江西那幾艘．

俺待要飛檄金陵．

俺待要飛檄金陵．

告兵曹轉達車駕．

許咱們遷鎮移家．

許咱們遷鎮移家．

就糧束去．

安營歇馬．

駕樓船到燕子磯邊要——

（黃龍犯）

二將官（持令箭向內吩咐介）元帥有令．三軍聽者．粮船一到卽便支發．仍恐轉運

維艱．枵腹難待．不日撤兵漢口就食南京（註五）永無缺乏之虞．同享飽騰之

樂．各宜靜聽勿再喧嘩．

內（歡呼介）好好好大家收拾行裝豫備東去呀

二將官（回話介）稟上元帥三軍聞令俱各歡呼散去了．

左事已如此．無可奈何只得擇期移鎮暫慰軍心．（想介）且住未奉明旨輒

自前行雖聖恩寬大．未必加誅只恐行跡之間難免天下之議．事非小可再

作商量．

慰三軍沒別法．

許就粮喧聲繞罷．

誰知俺一片葵傾向日花．——（尾聲）（下）

甲將官 老哥咱兄弟們商量天下強兵勇將讓俺武昌明日順流東去料知沒人抵

當大家擁着元帥爺一直抬了南京就扯起黃旗往北京進取有何不可

乙將官（搖手介）我們左爺忠義之人這樣風話且不要題依著我說還是移家就粮且

吃飽飯爲妙．

甲將官　你還不知一移南京人心驚慌就不取北京這箇惡名也免不得了。

乙　紛紛將士願移家。
甲　細柳營中起暮笳。
乙　千古英雄須打算。
甲　樓船東下一生差。

（註一）桃花扇於左良玉袒護過甚今據明史本傳分年記其重要事蹟以資參考。

崇禎五年良玉始以副將將昌平兵勦河南賊。
六年春夏間良玉敗賊於涉縣於沁河於官村於清化。於萬善冬間賊乃竄盧氏山中由此自鄖
襄入川賊既渡河去良玉與諸將分地守。
七年春夏間中州無事六月李自成自車箱脱出。分三軍寇援一向慶陽一趨鄖陽一出關趨河
南良玉當其趨河南者扼浙安澠池綏追寇多敗降者以自重督撤調不時應命。
八年與賊相持於河南前後十餘戰互有勝負。而賊益張。
九年二月賊敗於登封總兵九州由嵩縣深入約與良玉夾勦良玉中道遁歸九州以無援敗沒。
良玉反以捷聞七月良玉出開封渡河擊賊斬獲頗衆巡撫楊繩武勦其避賊令戴罪自贖。
十年安慶告警詔良玉救之連戰大破賊巡撫張國維三檄良玉入山搜勦不應放兵掠婦女已
而浙川六合天長盱眙陷良玉擁兵不救十月以熊文燦督師良玉輕文燦不爲用。
十一年正月良玉大破賊於郿西壓獻忠僞降良玉請擊之文燦不許十二月許州兵變良玉家
在許殱焉。

十二年七月．獻忠叛去．良玉追之．大敗棄軍資千萬餘．士卒死者萬人

十三年春拜良玉平賊將軍．受督師楊嗣昌節制．嗣昌令良玉守興平．良玉自率師入到襄張獻忠．二月．大敗之於瑪瑙山．以功加太子少保．獻忠遣人操重寶啗良玉曰「獻忠在故公見重．公所部多殺掠．而閣部猜且專．無獻忠．即公滅不久矣」良玉心動縱之去．嗣昌召良玉合擊．

九檄皆不至．

十四年正月．諸軍追賊於開縣．良玉兵先潰．獻忠遂席卷出川．西以計給入襄陽城．嗣昌不食卒．
五月．獻忠陷南陽．良玉追躡至．賊遁去．既而獻忠陷郟西掠地至信陽屢勝而驕．良玉從南陽追兵大破之．降其眾數萬．

十五年三月．李自成圍開封乃釋侯恂於獄．起為督師．良玉會師於朱仙鎮．見賊勢盛．一夕拔營遁．象軍望見皆潰．自成躡其後猛擊之．良玉大敗走襄陽．詔恂距河圖賊．而令良玉以兵來會．良玉畏自成逗延不至．九月．自成決河灌開封．時良玉壁樊城．自成乘勝攻之．良玉腎遁引舟師下至武昌．縱兵大掠．

十六年正月．良玉兵東下駐安慶部將王允成倡寄帑南京之議．而東南京諸文武官陳師江上為守禦都御史李邦華檄良玉以危師勳之乃止久之．徐潤九江上聞獻忠破湖慶沈楚王於江坐視不救八月乃入武昌立軍府時朝命呂大器代侯恂督師且逮恂下獄良玉知為己故益鞅鞅令獻忠從荊河入蜀荊襄諸賊因自成入關盡俘良玉乃犒賊後收其空虛地以自為功．

十七年正月．詔封良玉寧南伯．界其子夢庚平賊將軍印．三月．聞京師陷．諸將洶洶以江南自立君請引兵東下．良玉慟哭不止．福王晉良玉爵為侯．時良玉有兵八十萬號百萬．

弘光元年（即順治二年）四月．良玉傳檄討馬士英阮大鋮率師東下至九江病卒．

〔註二〕壯悔堂集甯南侯傳云：「良玉少起軍校。官遼東部司．坐法當斬．同犯者顧獨任之．得免死．乃走昌平軍門求事司徒公（案侯恂也）司徒公嘗役之．命以行酒…會大淩河圍急．詔下昌平軍赴救楡林…公且遣將總兵尤世威鷹良玉…良玉方爲走卒…即夜遣世威前諭意漏下四鼓司徒公竟自詣良玉邸舍誓焉…詰旦會轅門大集諸將．送良玉行賜之卮酒三令箭一曰「三卮酒者以三軍屬將軍也．令箭如吾自行。」良玉既出以首叩轅門堰下曰「此行倘不建功當自刎其頭」已而果連戰松山杏山下…良玉三過商丘必令其下曰「吾恩府家在此．敢有擾及草木者斬」入城調太常公（案方域祖父名執蒲…）拜伏如家人．不敢居於將…」

〔註三〕甯南侯傳云：「熊文燦者繼爲督府．常受賊金而脫其圍．良玉尤輕之．以至楊嗣昌以閣部出視師倚良玉不齊左右手．九調而九不至嗣昌快快死丁啓睿代督師則往來依違於其間

〔註四〕甯南侯傳云：「朝廷以司徒公代丁啓睿督師良玉大喜踴躍遣其將金聲桓率兵五千迎司徒公既受命而朝廷中變乃命距河投汴無赴良玉軍…未幾有媒蘗之者司徒公遂得罪以呂大器代良玉慍曰「朝廷若早用司徒公良玉敢不盡死今又罪司徒而以呂公代是疑我而欲圖之也」自此意益離…」

〔註五〕詳第十齣註一．

第十齣　修札

東來處仲無他志．

〔註一〕

北去深源負盛名．

　—吳偉業．

則問他防賊自作賊．

該也不該．

　—本詞．

時間　明崇禎十六年癸未八月．

地點　南京柳敬亭住宅．

人物　柳敬亭——丑．

　　　侯朝宗——生．

　　　楊龍友——末．

布景——柳敬亭宅內．

備用物——說書鼓板筆硯書函．

柳敬亭（上）

老子江湖漫自誇．

收今販古是生涯．

年來怕作朱門客．

閒坐街坊喫冷茶．

（笑介）在下柳敬亭自幼無藉流落江湖．雖則爲談詞之輩却不是飲食之人（

拱介）列位看我像箇甚的好像一位閻羅王掌著這本大帳簿點了沒數

的鬼魂姓名又像一尊彌勒佛覷著這副大肚皮裝了無限的炎涼世態鼓

板輕敲便有風雷雨霧舌唇纔動也成『月旦』『春秋』這些含寃的孝

子忠臣少不得還他箇揚眉吐氣那班得意的奸雄邪黨免不了加他些人

禍天誅此乃補救之微權亦是褒譏之妙用（笑介）俺柳麻子信口胡談．

卻也燥脾昨日河南侯公子送到茶資約定今日午後來聽平話且把鼓板

取出打箇招客的利市（取出鼓板敲唱介）

無事消閒扯談．　★

就中滋味酸甜．　　★

古來十萬八千年．　　　★

一雲飛鴻去遠．　　　　★

幾陣狂風暴雨．

各家虎帳龍船．

爭名奪利片時喧．

讓他陳摶睡扁——（西江月）

侯朝宗（上）

芳草烟中尋粉黛．

斜陽影裏說英雄．

今日來聽老柳平話裏面鼓板鏗鏘．早已有人領敎．

侯　（笑介）

這說書是老漢的本業譬如相公開坐書齋彈琴吟詩．都要人聽麼．

柳　講的有理

（相見大笑介）看官俱未到獨自在此說與誰聽．

侯　請問今日要聽那一朝故事．

柳　不拘何朝你只揀著熱鬧爽快的說一回罷．

侯　相公不知那熱鬧局就是冷淡的根芽爽快事就是牽纏的枝葉．倒不如把

些膿水殘山孤臣孽子講他幾句大家滴些眼淚罷．

侯　（嘆介）咳不料敬老——你也看到這箇田地眞可慮也．

楊龍友（急上）休敎鐵鎖沈江底．

一四六

怕有降旗出石頭．

下官楊文驄有緊急大事要尋侯兄計議一路問來．知在此處．不免竟入．

（見介）

侯　來的正好．大家聽敬老平話．

楊（急介）目下何等時候還聽平話．

侯　龍老為何這等驚慌．

楊　兄還不知麼．左良玉領兵東下．要搶南京．且有窺伺北京之意．（註一）本兵熊

侯　小弟有何妙策．

楊　明過束手無策．故此托弟前來懇求妙計

侯　久聞尊翁老先生乃寧南之恩帥若肯發一手諭必能退却．不知足下主意若何．

楊　這樣好事．怎肯不做．但家父罷政林居．縱肯發書．未必有濟．且往返三千里．何以解目前之危．

侯　吾兄素稱豪俠．當此國家大事豈忍坐視何不代寫一書．且救目前．另日稟明尊翁．料不見責也．

楊　應急權便倒也可行待我回寓起稿大家商量．

楊

事不宜遲即發書還恐無及那裏等得商量．

既是如此就此修書便了（註二）（寫書介）

侯

楊

（寫完）

「老夫愚不揣．

勸將軍自忖裁．

旌旗且慢來．

兵出無名道路猜．

高帝留都陵樹在．

誰敢輕將馬足躧．

乏糧柴．

善安排．

一片忠心窮莫改．」——

（一封書）（註三）

侯

（看介）妙．妙．寫得激切婉轉有情有理．叫他不好不依又不敢不依足見世兄經濟．

雖然如此說還該送與熊大司馬細加改正方爲萬妥．

楊　不必煩擾待小弟說與他便了．（愁介）只是一件書雖有了．須差一的當家人早寄爲妙．

侯　小弟輕裝薄遊只帶兩箇童子．那能下的書來．

楊　這樣密書豈是生人可以去得

侯　這却沒法了．

柳　不必著忙讓我老柳走一遭如何

楊　敬老肯去妙的狠了．只是一路盤詰．也不是當耍的．

柳　不瞞老爺說我柳麻子本姓曹（註四）雖則身長九尺却不肯『食粟而已．』那些隨機應變的口頭．左衝右擋的膂力都還有些兒

侯　聞得左良軍門嚴蕭山人遊客一概不容擅入你這般老態如何去的

柳　相公又來激俺了．這是俺說書的熟套子我老漢要去就行不去就止那在乎一激之力．（起唱介）

你那裏筆下謅文．

我這裏胸中畫策．

舌戰羣雄讓俺不才．

柳毅傳書．何防下海．

生卻俺的癡獃．

用著俺的詼諧．

悄去明來．

萬人喝采．——

（鬥鵪鶉）

果然好箇本領只是書中意思還要你明白解說纔能有濟．

楊

柳

書中意

不須細解．

何用明白

費俺脣腮．

一雙空手

也去當差．

也會搗乖．

憑着俺舌尖兒把他的人馬罵開．

一五〇

侯　仍倒回八百里外.

　　你怎的罵他

楊　則問他防賊自作賊.

侯　該也不該——〔柴花兒序〕

　好好好比俺的書子還說的明白.

柳　你快進去收拾行李俺替你淬盤纏來今夜務必出城纔好.

楊　曉得曉得〔拱手介〕不得奉陪了.〔竟下〕

　竟不知柳敬亭是箇有用之才.

　我常誇他是我輩中人說書乃其餘技耳.

　一封書權宜代.

　仗柳生舌尖口快.

　阻回那莽元帥萬馬晨霜.

　保住這好江城三山暮靄.　　〔尾聲〕

楊　一紙賢於汗馬才.

桃花扇註（上）

一五一

侯荊州無復戰船開．
楊從來名士誇江左．
侯揮麈今登拜將臺．

（註一）侯朝宗寧南侯傳云『……良玉遂往來江楚爲自豎計盡取諸鹽船之在江者而掠其
財．賊帥惠登相等皆附之軍益強．又嘗稱軍饑．又近南京就食移兵九江（參看第九齣註一祟
禎十六年條下）．兵部尚書熊明遇大恐謝於司徒公以書諭之而止』

（註二）阻止左軍東下事明史左良玉傳謂出李邦華．南疆釋史寰檔咸傳謂出繼咸．而朝宗寧
南侯傳則謂出其父侯恂一書．大抵三者皆是．但事卻與楊文驄無涉桃花扇牽入文驄渲染之
筆耳．

（註三）朝宗爲司徒公與寧南侯書見壯悔堂集卷三．略云：
『……鄉土喪亂已無寧宇．閶門百日將寄白下喘息未蘇．風鶴頻驚．相傳謂將軍駐節江州．
且揚帆而前老夫以爲必不然．卽陪京卿大夫亦共信之．而無如市井倉皇訛以譌訛幾於三
人成虎夫江州三楚要塵下沉防之衝也郎襄不戒賊勢鴟張時有未利或需左次以驕之．部曲就
儲威鳳殫圖收復在將軍必有確蓋過此一步便非分壤冒昧涉疑義何居若云部曲
糧非出本願則尤不可朝廷所以重將軍者以能節制經緯危不異於安也荊土千里自可具
食豈謂小饑動至同諸軍士倉皇耶甚則無識之人料塵下自率前驅伴送室帑倘奴未滅何
以家爲生平審處豈後標姚或者以垂白在堂此自綱紀奉移內郡何必變旌律來相宅況陪
京高皇帝弓劍所藏禁地賜清將軍疆場師未取進止詎宜展觀……功名愈盛責備益深

普處形迹昭白宜早惟三思留意焉。

（註四）看第一齣註十板橋雜記條。

第十一齣 投轅（註一）

軍中文武如蜂聚。

排難須尊柳敬亭。

　　——陳于玉

桃花扇題詩。

時間　明崇禎十六年癸未九月。

地點　武昌寧南侯軍營。

人物　二卒————淨．副淨．

　　　柳敬亭————丑．

　　　中軍官————末．

　　　六軍卒————雜．

　　　左良玉————小生．

布景　寧南侯營外

備用物．包裹帽靴繩索．

一卒（上）殺賊拾賊囊．
救民佔民房．
當差領官倉．
一兵吃三粮．

二卒　如今不是這樣唱了．

一卒　你唱來．

二卒　賊凶少棄囊．
民逃賸空房．
官窮不開倉．
千兵無一粮．

一卒　這等說我們這窮兵當眞要餓死了．

二卒　也差不多哩．

一卒　前日鼓噪之時元帥着忙許咱們就粮南京這幾日不見動靜想又變卦了．

二卒　他變了卦咱們依舊鼓噪有何難哉．

一卒　閒話少說且到轅門點卯再作商量正是不怕餓殺誰肯犯法．（俱下）

柳（背包裹上）

走出了空林落葉響蕭蕭．

一叢叢蘆花紅蓼．

倒戴著接䍦帽．

横跨著湛盧刀．

白鬚兒飄飄

誰認的詼諧玩世東方老．——（北新水令）

俺柳敬亭衝風冒雨．沿江行來並不見亂兵搶粮．想是訛傳了．且喜已到武昌

城外．（註二）不免在這草地下打開包裹換了韓帽好去投書

（坐地換韓帽介）

二卒（上）

曉雨城邊飢烏叫．

來往荒烟道．

軍營半里遙．

桃花扇註（上）

一五五

（指介）

風捲旌旗．

鼓角嘹喨．

前面是轅門了大家趲行幾步．

餓腹好難熬．

還點三八卯．

柳　（起拱介）兩位將爺借問一聲．那是將軍轅門．

一卒　（向二卒私語介）這個老兒是江北語音．不是逃兵．就是流賊．

二卒　何不收拾起來詐他幾文且買飯吃．

一卒　妙．

二卒　（問介）你尋將軍衙門麼．

柳　正是．

一卒　待我送你去．

柳　（丟繩套住柳介）

柳　　　呵呀．怎麼拿起我來了

二卒　　俺們是武昌營專管巡邏的弓兵不拿你拿誰呀．

柳（推二卒倒地指笑介）兩箇沒眼色的花子怪不得餓的東倒西歪的．

一卒　　你怎曉得我們捱餓．

柳　　　不爲你們捱餓我爲何到此．

二卒　　這等說來你敢是解粮來的麼．

柳　　　不是解粮的．

一卒　　不是解粮的是做甚的．

柳　　　呸我們瞎眼了快搬行李送老哥轅門去．

二卒（同柳行介）

柳　　　你看城枕着江水滔滔．

　　　　鸚鵡洲闊．

　　　　黃鶴樓高．

　　　　鷄犬寂寥．

　　　　人烟慘淡．

　　　　市井蕭條．

桃花扇胜（上）

一五七

都只把豺狼喂飽．

好江城畫破圖拋

滿耳呼號．

鼙鼓聲雄．

鐵馬嘶驕——

（北折桂令）

二卒　(指介) 這是帥府轅門了．（喚介）老哥在此等候待我傳鼓．（擊鼓介）

中軍官　(上) 封拜惟知元帥大征誅不讓帝王尊．（問介）門外擊鼓有何軍情速

　　　　速報來．

一卒　　適在汛地捉了一箇面生可疑之人口稱解糧到此未知真假攆赴轅門聽

　　　　候發落．

中軍官　(問柳介) 你稱解糧到此有何公文．

柳　　　沒有公文只有書函．

中軍官　這就可疑了．

　　　　你的北來意費推敲．

　　　　一封書信無名號．

荒唐言語多虛冒．

憑空何處軍糧到．

無端左支右調．

看他神情．

大抵非逃卽盜——（南江兒水）

柳　此語差矣若是逃盜爲何自尋轅門．

中軍官　說的也是旣有書函待我替他傳進．

柳　這是一封密書要當面交與元帥的．

中軍官　這話益發可疑了．你且外邊伺候待我稟過元帥．傳你進見．

（二卒柳俱下）

布景二　左良玉軍營內．

備物　函茶鐘

（內吹打開門）

六軍卒（各執械對立介）

左（戎服上）荆襄雄鎮大江濱．四海安危七尺身．日日軍儲勞計畫．那能談笑淨烟

（升坐吩咐介）昨因飢兵鼓噪。本帥詐他就糧南京。後來細想。兵去就糧。何如糧

塵。

來就兵聞得九江助餉。不日就到。今日暫免點卯。各回汛地。靜候關糧。

中軍官　得令（盧下卯上）奉元帥軍令掛牌免卯。三軍各向汛地去了。

左　有甚軍情早早報來。

中軍官　別無軍情只有差役一名。口稱解糧到此。可要見元帥。

左　（喜介）果然糧船到此。可喜可喜。（問介）所賣文書係何衙門。

中軍官　並無文書只有私書要當堂投遞。

左　這話就奇了。或是流賊細作亦未可定。（吩咐介）左右軍牢。小心防備。著

眾　是。

他膝行而進。

中軍官　（喚柳進介）

（左右交執器械）

柳　（鑽入見介）（揖介）元帥在上。晚生拜揖了。

左　（笑介）你是何等樣人。敢到此處放肆。

柳　晚生一介平民。怎敢放肆。

俺是個不出山老漁樵．

那曉的王侯大賓客小．

看這長槍大劍列門旗．

只當深林密樹穿荒草．

儘著狐狸縱橫虎咆哮．

這威風何須要．

偏嚇俺孤身客無門跑．

便作箇長揖兒不是驕．

（拱介）

求饒．

軍中禮原不曉．

（笑介）

氣也麼消．

有書函將軍仔細瞧．——

（北雁兒落帶得令）

左（問介）有誰的書函。

柳　歸德侯老先生寄來奉侯的。

左　侯司徒是俺的恩師。你如何認得的。

柳　晚生現在侯府。

左　（拱介）這等失敬了。（問介）書在那裏。

柳　（送上書介）

左　吩咐掩門。

內　（吹打掩門）

衆　（下）

左　尊客請坐。

柳　（旁坐介）（看書介）

左　看他諄諄情意好。

不啻敎兒曹。

這書中文理一時也看不透徹。無非勸俺鎭守邊方。不可移兵內地。（歎介）

恩師恩師那知俺左良玉——

一片忠心天可告．

怎肯背深恩辱薦保．

柳（問柳介）足下尊姓大號．

　不敢晚生姓柳草號敬亭．

六軍卒（捧茶上）

左　敬亭請茶．

柳（接茶介）

左　你可知這座武昌城自經張獻忠一番焚掠十室九空俺雖鎮守在此缺草乏粮日日鼓噪連俺也做不得主了．

柳（氣介）元帥說那裏話自古道兵隨將轉再沒箇將逐兵移的．

　你坐在細柳營．

　手握着虎龍韜．

　管千軍山可動．

令不搖．

飢兵鼓噪犯天朝．

將軍無計．

從他去自逍遙．

遺惡名怎逃．

遺惡名怎逃．

說不起三軍權柄帥難操．——（北收江南）

（摔茶鍾於地下介）

柳（怒介）呵呀這等無禮覺把茶杯擲地．

左（笑介）晚生怎敢無禮一時說的高興順手摔去了．

柳順手摔去難道你的心做不得主麼

左心若做的主呵也不敢手下亂動了．

柳（笑介）敬亭講的有理只因兵丁餓的急了許他就糧內裏亦是無可奈何之一着．

左晚生遠來也餓急了元帥竟不問一聲兒．

柳我倒忘了叫左右快擺飯來．

左（摩腹介）好餓好餓

一六四

左（催介）可惡奴才。還不快攏。

柳（起介）等不的了。竟往內裏吃去罷。（向內行介）

左（怒介）如何進我內裏。

柳（回顧介）餓的急了。

左餓的急了。就許你進內裏麼。

柳（笑介）餓的急了。也不許進內裏元帥竟也曉得哩。

左（大笑介）句句譏誚俺的錯處。好箇舌辯之士。俺這帳下。倒少不得你這個人哩。

俺雖是江湖泛交。

認得出東方曼老。

遣胸次包羅不少。

能直諫。

會旁嘲。

柳

左（問介）那裏那裏。只不過遊戲江湖圖哺啜耳。

左俺看敬亭既與縉紳往來。必有絕技正要請教。

柳晚生自幼失學有何技藝偶讀幾句野史信口演說曾蒙吳橋范大司馬桐

城何老相國謬加賞贊．因而得交縉紳．實堪慚愧．

俺讀些秤官詞寄牟騷．

秤官詞寄牟騷．

對江山吃一斗苦松醪．

小鼓兒頻顫杖輕敲．

寸板兒頓手頻搖．

一字字臣忠子孝．

一聲聲龍吟虎嘯．

快舌尖鋼刀出鞘．

響喉嚨轟雷烈礮．

呀．

似這般冷嘲熱挑．

用不著筆鈔墨描．

勸英豪一盤錯帳速勾了．──

〈北沽美酒帶太平令〉

一六六

說的爽快．覺不知敬亭有此絕技就留下榻衙齋早晚傾敎罷．

從此談今論古日傾倒．

風雨開懷抱．

你那蘇張舌辯高．

我的巧射驚羿𥻗．

只愁那匝地烟塵何日掃──　（清江引）

朗話多時到底不知元帥向內移兵有何主見．

耿耿臣心惟天可表不須口勸何用書責．

左　臣心如水照清霄．

柳　咫尺天顏路不遙．

左　要與西南撐半壁．

柳　不須東看海門潮．

〔註一〕吳梅村柳敬亭傳云：『……寧南伯左良玉操而南尋奉詔守楚駐皖城待發守皖者杜將軍弘域於生（敬亭）爲故人寧南嘗奏酒思得一異客杜既已逃之矣會兩人用軍事不相中念非生莫可解者乃檄生至遨之左以爲此天下辯士欲以觀其能帳下用長刀遮客引就

桃花扇註（上）

席，坐客咸振慴失次。生拜訖，案酒談諧嚥笑，旁若無人者。左大驚，自以為得生晚也。……」案，據此則敬亭之入良玉幕，乃由杜弘域並無為朝宗傳書事，但時日恰相值，故云亭借用之。且即以「長刀遮客」一段故事作點綴亦妙筆矣。

（註二）據南疆繹史襄毅傳，左軍索餉東下時，良玉在燕湖。據梅村柳敬亭傳，柳初見左在皖城，此文「武昌城外」云云誤也。良玉克復武昌，在中止東下之後，侯恂致書時武昌仍為張獻忠所踞。

第十二齣　辭院

　　吳紈衫子越羅裳

　　白雪新詞舊檀場

　　共向西陵臺上望

　　天風吹落淚千行

　　——贈校書
　　　　　　　侯方域

地點　二南京秦淮河媚香樓。

時間　一明崇禎十六年癸未十月。

地點　一南京清議堂。

時間　明崇禎十六年癸未十月。

地點　二南京秦淮河媚香樓。

一六八

人物　楊龍友—末.

阮大鋮—副淨.

長班——丑.

史可法—外.

馬士英—淨.

蘇崑生—丑.

侯方域—生.

李香君—旦.

李貞麗—小旦.

丑

布景　清議堂內

楊文聰（冠帶上）

錦繡東南列郡.

英雄割據紛紛.

而今還起周郎恨.

桃花扇註（上）

一六九

江水向東奔——（西地錦）

阮大鋮（冠帶上）

下官楊文驄昨奉熊司馬之命託侯兄發書寧南阻其北上已遣柳敬亭連夜寄去還怕投書未穩一面奏聞朝廷加他官爵膽他子姪又一面知會各處督撫及在城大小文武齊集清議堂公同計議助他糧餉這也是不得已調停之法下官與阮圓海雖罷閒流寓都有傳單只得早到

黑白看成棋裏事．
鬢眉扮作戲中人．

楊　（見介）龍友請了今日會議軍情既傳我們到此也不可默默無言．

阮　說那裏話．
事體重大我們廢員閒官立不得主意身到就是了．

朝廷事．
須認眞．
太祖神京今未穩．
莫漫愁鐵鎖船開．

一七〇

只怕有蕭牆人引.

角聲鼓音城樓震.

帆揚幟飛江風順.

明取金陵.

有人私放門.——（啄木兒）

楊　　這話未確且莫輕言.

阮　　小弟實有所聞豈不可說.

長班（上）處處軍情緊.
　　　　朝朝會議多.

　　　稟老爺淮安漕撫史可法老爺鳳陽督撫馬士英老爺俱到了.

楊阮（出候介）

史可法（白鬚冠帶上）

馬士英（禿鬢冠帶上）

史　　天下軍儲一線漕.
　　　無能空佩呂虔刀.

馬　　長陵抔土關龍脈．

　　　　愁絕烽煙搔二毛．

楊阮（見各揖介）

史　（問介）本兵熊老先生爲何不到．

長班（稟介）今日有旨往江上點兵去了．

馬　這等又會議不成如何是好．

史　黃塵起．

王氣昏．

羽扇難揮建業軍．

幕府山．

蠟㯭星馳．

五馬渡．

樓船飛滾．

江東應須夷吾鎮．

清談怎消南朝恨．

少不得努力同捐衰病身．——（啄木兒）

楊　老先生不必深憂左良玉係侯司徒舊卒昨已發書勸止料無不從者．

史　學生亦聞此舉雖出熊司馬之意實皆年兄之功也．

阮　這倒不知只聞左兵之來實有暗裏勾之者．

史　是那箇．

阮　就是敝同年侯恂之子侯方域（註二）．

史　他也是敝世兄在復社中錚錚有聲豈肯為此．

阮　老公相不知他與左良玉相交最密常有私書往來若不早除此人將來必為內應．

史　說的有理何惜一人致陷滿城之命乎．

阮　這也是莫須有之事況阮老先生罷職之人國家大事也不可亂講（別介

）請了正是

馬　邪人無正論．

史　公議總私情．

（下）

阮 （指恨介）（向馬介）怎麼史道鄰就拂衣而去．小弟之言．鑿鑿有據．聞得前日還托

柳麻子去下私書的．

楊 這太屈他了敬亭之去．小弟所使寫信之時．小弟在旁．倒贉他寫的懇切．怎

反疑起他來．

阮 龍友不知那書中都有字眼暗號．人那裏曉的．

馬 （點頭介）是呀這樣人該殺的．小弟回去即著人訪拏．（向楊介）老妹丈就此同行

罷．

楊 請舅翁先行一步．小弟隨後就來．

阮 （向馬介）小弟與令妹丈不雷同胞．常道及老公祖垂念．難得今日會著小弟有許多

心事．要爲竟夕之談．不知可否．

馬 久荷高雅正要請教．

（阮馬同下）

楊 這事那裏說起．侯兄之素行．雖未深知只論寫書一事呵．

這冤怎伸．

硬疊成曾參殺人．

一七四

這恨怎吞．

強書爲陳恆弒君．

　　不免報他一信叫他趁早躲避．（行介．）（幕閉．）

眠香占花風流陣．

今宵正倚薰籠困．

那知打散鴛鴦．

金彈狠——（三段子）（幕開）

布景二——媚香樓下．

備用物——行裝．

楊　　來此是李家別院不免叫門．（敲門介）

內（吹唱介）

蘇崑生（上）是那箇．

楊　　快快開門．

蘇（開門見介）原來是楊老爺天色已晚還來閒遊．

楊　　（認介）你是蘇崑老（問介）侯兄在那裏．

蘇　今日香君學完一套新曲．都在樓上聽他演腔．

楊　快請下樓．

蘇（入喚介）

麗侯香（出介）

侯　濃情人帶酒．

　　寒夜帳籠花．

楊　楊兄高與也來消夜．

侯　兄還不知有天大禍事來尋你了．

楊　有何禍事如此相嚇．

侯　今日清議堂議事阮圓海對著大衆說你與寧南有舊常通私書將為內應

楊（驚介）那些當事諸公俱有擎你之意

侯　我與阮圓海素無深讎爲何下這毒手．

楊　想因欲一事太激烈了故此老羞變怒耳（註二）

麗　事不宜遲趁早高飛遠遁不要連累別人．

侯　說的有理（愁介）只是燕爾新婚如何捨得（註三）

香（正色介）官人素以豪傑自命爲何學兒女子態．

是。是。但不知那裏去好。

（滴溜子）天暗地昏——歧路窮途。將身怎隱。天涯到處迷欲歸歸途難問。梓桑半損。烽烟起。烽烟起。信音未准。雙親在。雙親在。

請教不必著慌小弟倒有箇計算

楊　會議之時，漕撫史可法，鳳撫馬含舅，俱在坐，含舅語言甚不相為，全虧史公

侯（想介）　一力分觧，且說與尊府原有世誼的，

楊　是是史道鄰是家父門生，

侯　這等何不隨他到淮，再候家信（註四），

香侯　妙妙，多謝指引了，待奴家收拾行裝（束裝介）

歡娛事．

歡娛事．

兩心自忖．

生離苦．

生離苦．

且將恨忍．

結成眉峯一寸．

香沾翠被池

一八六

重重來緊.

藥裹巾箱.

都帶淚痕——　〔滴溜子〕

丑（上挑行李介）

侯（別香介）暫此分別後會不遠.

香（彈淚介）滿地煙塵重來亦未可必也.

離合悲歡分一瞬.

後會期無憑准.

麗　　怕有巡兵縱跡快行一步罷.

侯　　吹散俺西風太緊.

停一刻.

無人肯——　〔哭相思〕

蘇　　但不知史漕撫寓在那廂.

侯　　閒他來京公幹常寓市隱園待我送官人去.

桃花扇註（上）

一七九

侯　遣等多謝．

侯蘇丑（急下）

麗　遺椿禍事都從楊老爺起的．也還求楊老爺歸結．明日果來拏人．作何計較．

　　貞娘放心侯郎既去．都與你無干了．

楊　人生聚散事難論．

麗　香酒盡歌終被尚溫．

麗　獨照花枝眠不穩．

楊　來朝風雨掩重門．

（註一）侯朝宗有癸未去金陵日與阮光祿書．即為此事．文曰『……昨夜方慳．而楊令文聰叩門過僕曰「左將軍兵且來都人洶洶阮光祿颺言於清議堂云「子與有舊且應之於內──子盍行乎」僕乃知執事不獨見忌．而且恨之．欲置之族滅而後快也．僕與左誠有舊亦巳奉熊尚書之歡馳書止之．其心事僕不可知．若其犯順則賊也．僕誠應之於內亦賊也．士君子稍知禮義何至甘心作賊．萬一有為此必日碁途窮倒行而逆施若昔日乾兒義孫之徒計無復之容出於此．而僕豈其人耶……」』本齣隸事全本此．

（註二）阮之恨侯．正因納交被拒與阮光祿書詳述其事見第七齣註一．

（註三）據朝宗與田中丞書言『下第歸後便不復與香君相見』彼書不知作於何年．癸未年朝宗既在金陵則重尋舊好亦意中事．但非「燕爾新婚」耳．

（註四）據年譜朝宗當時避地宜興．其依史公則明年事也．

第十三齣　哭主

燕山自峨峨．
沙河自湯湯．
皇天自高高．
后土自茫茫．
下痛萬赤子．
上呼十四皇．
哭帝帝不聞．
籲天天無常．

————亭林謁十三陵．

時間　明崇禎十七年甲申三月．

地點　黃鶴樓

人物　旗牌官————副淨．

左良玉————小生．

軍校——雜。

柳敬亭——丑。

黃澍（字仲霖湖北巡按）——外。

袁繼咸（字臨侯九江巡撫）——末。

塘報人——淨。

布景——長江畔黃鶴樓上。

備用物——黃鶴樓扁桌席牀枕鏡鑼旗仗鼓吹說書鼓板塘報鞭鈴素衣。

裏布。

旗牌官（上）漢陽煙樹隔江濱。

影裏青山畫裏人。

可惜城西佳絕處。

朝朝遮斷馬頭塵。

在下寧南帥府一箇旗牌官的便是俺元帥收復武昌功封侯爵（註一）昨日又奉新恩加了太傅之銜小爺左夢庚亦挂總兵之印特差巡按御史黃澍（註二）老爺到府宣旨今日九江督撫袁繼咸（註三）老爺又解糧三十船親來給發元帥大喜命俺設宴黃鶴樓請兩位老爺飲酒看江（望介）遙見晴川樹底芳

一八二

草洲邊．萬民歡歌．三軍嬉笑．好一段太平景象也．遠遠喝道之聲．元帥將到．不

免設起席來．（設席安牀介）

左良玉（戎裝上）

逐人春色．

入眼晴光．

連江芳草青青．

百尺樓高．

吹笛落梅風景．

領著花間小乘．

載行廚．

帶緩衣輕．

便笑咱將軍好武．

也愛儒生──

（聲聲慢）

咱家左良玉．今日設宴黃鶴樓．請袁黃兩公飲酒看江．只得早候．（吩咐介）

大小軍卒樓下伺候．

衆（應下）

左（登樓介）三春雲物歸胸次．

萬里風煙到眼中．

（望介）你看浩浩洞庭蒼蒼雲夢控西南之險當江漢之衝俺左良玉鎮此名邦．

好不壯哉（坐呼介）旗牌官何在．

旗牌官（跪介）有．

左　酒席齊備不曾．

旗　齊備多時了．

左　怎麼兩位老爺還不見到．

旗　連請數次袁老爺正在江岸盤糧黃老爺又往龍華寺拜客．大約傍晚纔來．

左　在此久候豈不困倦叫左右速接柳相公上樓開談撥悶．

雜（跪稟介）柳相公見在樓下．

左　快請．

雜（請介）

柳敬亭（上）氣吞雲夢澤．
聲撼岳陽城．

（見介）

左　敬亭為何早來了．

柳　晚生知道元帥悶坐．特來奉陪的．

左　這也奇了．你如何曉得．

柳　常言『秀才會課照燈告坐』天生文官再不能爽快的．

左（笑介）說的有理（指介）你看天纔午轉幾時．等到點燈也．

柳　若不嫌聒噪呵．把昨晚說的『秦叔寶見姑娘』（註四）再接上一回罷．

左　極妙了（問介）帶有鼓板麼．

柳　自古『官不離印貨不離身』老漢管着做甚的．（取出鼓板介）

左　叫左右泡開茶片安下胡牀．咱要紗帽隱囊清談消遣哩．

柳　（傍坐敲鼓板說書介）

左　（更衣坐雜搥背搔癢介）

雜　（設牀泡茶介）

左　大江滾滾浪東流．

淘盡興亡古渡頭．
屈指英雄無半箇．
從來遺恨是荆州．

按下新詩還提舊話且說人生最難得的是亂離之後骨肉重逢總是地北天
南時移物換經幾番凶荒戰鬪怎免得梗泛萍漂可喜秦叔寶解到羅公帥府
柳鎖連身正在候審遇著嬌親姑娘捲簾下階抱頭大哭當時換了新衣設席
款待一箇候死的囚徒登時上了青天這就叫『運去黃金減價時來頑鐵生
光』（拍醒木介）

柳

（掩淚介）咱家也都經過了．

柳

再說那羅公問及叔寶的武藝滿心歡喜特地要誇其本領卽日放砲傳操．
下了教場雄兵十萬雁翅排開羅公獨坐當中一呼百諾掌著生殺之權秦
叔寶踮在旁邊點頭贊嘆口裏不言心中暗道大丈夫定當如此（拍醒木
介）

左

（作驕態笑介）俺左良玉也不枉爲人一世矣．
那羅公眼看叔寶高聲問道『秦瓊看你身材高大可曾學些武藝麽』叔
寶慌忙跪地應答如流『小人會使雙鐧』羅公卽命家人將自己用的兩

條銀鐧擡將下來．那兩條銀鐧共重六十八斤．比叔寶所用鐵鐧輕小一半．

叔寶是用過重鐧的人接在手中．如同無物跳下堦來使盡身法左輪右舞．

恰似玉蟒纏身銀龍護體．玉蟒纏身萬道毫光臺下落銀龍護體一輪月影．

面前懸羅公在中軍帳裏大聲喝采道『好呀』那十萬雄兵一齊答應．（

左（照鏡鑷鬚介）俺左良玉立功邊塞萬夫不當也是天下一箇好健兒．如今白髮

作喊介）如同山崩雷響十里皆聞．（拍醒木介）

漸生殺賊未盡好不恨也．

旗牌官（上）稟元帥爺兩位老爺俱到樓了．

左（暗下）

柳（暗下）

左（換冠帶介）

雜（撤床排席介）

袁繼咸黃澍（冠帶喝道上）

袁　長湖落日氣蒼茫．

　黃鶴樓高望故鄉．

黃　吹笛仙人稱地主．

　臨風把酒喜洋洋．

左　（迎揖介）二位老先生俯臨敝鎮，曷勝光榮，聊設杯酒，同看春光。

袁黃　久欽威望，喜近節麾，高樓盛設大怏生平。

　　　（安席坐斟酒欲飲介）

塘報人（急上）忙將覆地翻天事。

　　　報與勤王救主人。

衆（驚起介）有什麼緊急軍情這等喊叫。

塘（急白介）稟元帥爺。

　　　稟元帥爺。

　　　暗把城門開禁。

　　　三天不見救援兵。

　　　層層圍著神京。

　　　大夥流賊北犯。　　★

　　　放火焚燒宮闕。　　★

　　　持刀殺害生靈。　　★

　　　（拍地介）可憐聖主好崇禎。　　★

一八八

（哭說介）縊死煤山樹頂．——（西江月）

衆（驚問介）有這等事是那一日來．

塘（喘介）這是——這——

衆（望北叩頭大哭介）這——這三月十九日．

左（起搓手跳哭介）我的聖上呀．我的崇禎主子呀．我的大行皇帝呀孤臣左良玉．遠在邊方不能一旅勤王罪該萬死了．

高皇帝在九京．

不管亡家破鼎．

那知他聖子神孫．

反不如飄蓬斷梗．

十七年憂國如病．

呼不應天靈祖靈．

調不來親兵救兵．

白練無情．

送君王一命．

傷心煞煤山私幸．

獨殉了社稷蒼生．

獨殉了社稷蒼生．

獨殉了社稷蒼生．——（勝如花）

衆（又大哭介）

袁（搵手喊介）且莫舉哀．還有大事相商．

左　　有何火事．

袁　　既失北京．江山無主．將軍若不早建義旗．頃刻亂生．如何安撫．

黃　　正是．（指介）這江漢荊襄亦是西南半壁萬一失守恢復無及矣．

左　　小弟濫握兵權．實難辭責也須兩公努力共保邊疆

袁　　敢不從事．

左　　既然如此．大家換了白衣對著大行皇帝在天之靈慟哭拜盟一番．（�介

　　　）左右可曾備下縞衣麼．

黃　　一時不能備齊．暫借附近民家素衣三領．白布三條．

旗　　也罷且穿戴起來．（吩咐介）犬小三軍亦各隨拜

左

左袁黃（穿衣裹布介）（領眾齊拜舉哀介）．我的先帝呀．

合　官車．出．

廟社傾．

破碎中原費整．

養文臣帷幄無謀．

象武夫疆場不猛．

到今日山殘水賸．

對大江月明浪明．

滿樓頭呼聲哭聲．

（又哭介）

這恨怎平．

有皇天作證——

從今後戮力併命．

報國仇早復神京．

報國讐早復神京．——（勝如花）

左　　我等拜盟之後義同兄弟臨侯督師仲霖監軍（註五）我左崑山操兵練馬死
　　　守邊方儻有太子諸王中興定鼎那時勤王北上恢復中原也不負今日一
　　　番義舉．

袁黃　領敎了．

旗（稟介）稟元帥滿城喧嘩似有變動之意快請下樓安撫民心．

　　（俱下樓介）

左　　二位要向那裏去．

袁　　小弟還回九江．

黃　　小弟要到襄陽．

左　　這等且各分手請了．

　　（別介）

左（呼介）轉來若有國家要事還望到此公議．

袁黃　但寄片紙無不奔赴請了．

　　（下）．

左　　呵呀呀不料今夜天翻地覆嚇死俺也．

一九二

飛花送酒不曾擊．
片語傳來滿座驚．
黃鶴樓中人哭罷．
江昏月暗夜三更．

（註一）甲申正月，良玉始封伯爵，弘光敘擁立功，乃進封侯，此文徵貶。

（註二）黃澍字仲霖，徽州人，以御史巡按湖廣監左良玉軍，後此良玉興督陽之甲，半由澍慫恿而成，清兵渡江，澍與左夢庚迎降，其人非端士，不應與袁臨侯並論，『黃澍徽州人，丁丑進士，授河南開封推官，以固守功擢御史巡撫湖廣監左良玉軍（見明季南略四）』

（註三）袁繼咸字臨侯，宜春人，崇禎十六年以兵部侍郎總督江楚贛皖，至安慶指江中浮屍示良玉曰『大將軍忍見此乎』左良玉索餉東下，繼咸激以忠義，挽良玉西行，時張獻忠方蹂躪楚地，至蕪湖遇左良玉，朝廷不遣賣歲澧中使宣諭奈何不圖報，稱『良玉大感，遂旋師復武昌，繼咸旋代呂大器督師，與良玉極相得，後良玉興督陽甲，繼咸阻之不及，（詳第三十四齣註一）左夢庚劫以降不屈死。

（註四）柳敬亭說「秦叔寶見姑娘」乃生平最得意之技，見板橋雜記。

（註五）袁任督師黃監左軍，皆甲申三月十九日前奉朝命，非私相署。

第十四齣　阻奸

塂嗟．
軍國大事非輕舉．
俺縱有廟謨難說．
這來書謀迎議立．
邀功情切．
——本詞．

時間——明崇禎十七年甲申四月．
地點——南京兵部署內．
人物——
侯朝宗——生．
史可法——外．
長班——丑．
差役——小生．
阮大鋮——副淨．
家僮——雜．
布景——兵部尚書署內燕居之室．
備用物——書函燭台筆硯束鐙籠．

飄颻家舍．
怎把平安寫．
哭蒼天滿喉新血．
國讐未雪．
鄉心難說．
把閒情丟開後些．——（遠地遊）

小生侯方域自去冬倉皇避禍夜投史公隨到淮安漕署（註一）不覺半載昨因南大司馬熊公內召史公卽補其闕小生又隨渡江虧他重俺才學待同骨肉正思移家金陵不料南北隔絕目今議立紛紛尚無定局好生愁悶且候史公回衙一間消息（暫下）

史可法（憂容長班隨上）
山河今日崩竭．
白面談兵掉舌．

奕局事堪嗟．望長安誰家傳舍．

望長安誰家傳舍．

下官史可法（註二）表字道鄰本貫河南寄籍燕京自崇禎辛未叨中進士便值
中原多故內爲曹郎外作監司歷歷十年不曾一日安枕今由淮安漕撫陞補
南京兵部尚書那知到任一月遭此大變萬死無裨一籌莫展幸虧長江天險
護此留都但一月無君人心皇皇每日議立議迎全無成說今早操兵江上探
得北信不免請出侯兄大家快談．

一九六

長班　　侯爺有請．

侯　（上見介）請問老先生北信若何．

史　　今日得一喜信說北京雖失．聖上無恙早已航海而南太子亦間道東奔．未
　　知果否．

侯　　果然如此蒼生之福也．

長班　（問介）那裏來的．

差役　（上）朝廷無詔旨將相有傳聞．（到門介）門上有人麼．

長班　　是鳳撫衙門來的．有馬老爺侯札卽討回書．

差役　　待我傳上去（入見介）稟老爺鳳撫馬老爺差人投書．

（拆看皺眉介）這箇馬瑤草．又講什麼迎立之事了．

清議堂中．
三番公會．
攢眉仰屋蹴轉．
相對長吁．
低頭不語如呆．
堪嗟．
軍國大事非輕舉．
俺縱有廟謨難說．
這來書謀迎議立．
邀功情切——（高陽臺）

（向侯介）看他書中意思屬意福王．又說聖上磕磕縊死煤山．太子奔逃無
蹤．若果如此．俺縱不依他也竟自舉行了．況且昭穆倫次立福王亦無大差罷
罷罷答他回書明日**會稿**一同列名便了．

侯　老先生所言差矣．福王分藩敝鄉．晚生知之最詳．斷斷立不得．（註三）

史　如何立不得．

侯　他有『三大罪』人人俱知．

史　那『三大罪』

侯　待晚生數來．

福邸藩王．

神宗驕子．

母妃鄭氏淫邪．

當日謀害太子欲行自立．

若無調護良臣．

幾將神器奪竊．（註四）

此一罪卻也不小（問介）還有那一罪．

史　驕奢．

侯　盈裝滿載分封去．

史　把內府金錢偸竭（註五）
昨日寇逼河南，竟不捨一文助餉，以致國破身亡，滿宮財寶，徒飽賊囊。這也算的一大罪（問介）那第三大罪呢這一大罪，就是現今世子德昌王（註六）父死賊手，暴屍未葬，竟忍心遠避邅

侯　承離亂之時，納民妻女
這君德全虧盡喪
怎圖皇業——（高陽臺）

史　說的一些不差，果然是『三大罪』
不特此也，還有『五不可立』

侯　怎麼又有『五不可立』

史　第一件

侯　車駕存亡
傳聞不一
天無二日同協
第二件聖上果殉社稷，尚有太子監國，

桃花扇註（上）

一九九

為何明棄儲君．

翻尋枝葉旁牒．

第三件這中興之主原不必拘定倫次的．

分別．

中興定霸如光武．

要訪取出羣英傑．

第四件．

怕強藩乘機保立．

第五件又恐小人呀．

將擁戴功挾．

是是世兄高見慮的深遠．前日見副使雷縯祚禮部周鑣（註七）都有此論．但不及這番透徹耳．就煩世兄把這「三大罪」「五不可立」之論寫書回他便了．

遵命（點燭寫書介）

阮大鋮、家僮（提燈上）須將奇貨歸吾手莫把新功讓別人下官阮大鋮潛往江浦．
　　尋着福王連夜回來與馬士英倡議迎立只怕本兵史可法臨時掣肘今日修
　　書相商還恐不妥故此昏夜叩門與他細講（見差役介）你早來下書如何
　　還不回去．

差役　　等候回書不見發出（喜介）阮老爺來得正好替小人催一催．

家僮　　門上大叔那裏．

長班　　是那箇．

阮　　（見作足恭介）煩位下通報一聲說褲子襠裏阮求見老爺

長班（混介）『褲子襠』裏軟這可未必常言十箇鬍子九箇騷待我摸一摸果然軟不

　　軟．

阮　　休得取笑快些方便罷．

長班　　天色已晚老爺安歇了怎敢亂傳．

阮　　有要話商議定求一見的．

長班　　待我傳上去（進稟介）稟老爺有褲子襠裏阮到門求見．

史　　是那箇姓阮的．

侯　　在褲子襠裏住自然是阮鬍子了．

史　如此昏夜．他來何幹．

侯　不消說．又是迎立之事了．

史　去年在清議堂誣害世兄的便是他這人原是魏黨．眞正小人．不必理他叫

長班回他罷了．

長班　我說夜晚來罷了．不便相會果然惹箇沒趣．請回罷．
（用怒介）

阮　（拍長班肩介）位下是極在行的怎不曉得夜晚來會繞說的是極有趣
的話哩那青天白日都是些掃帳兒．

長班　你老說的有理事成之後隨封都要雙分的．

阮　不消說還要加厚些．

長班　旣是這等待我再傳（進稟介）稟老爺姓阮的定求一見．要說極有趣的

史　話．

史　呸放屁國破家亡之時．還有甚麼趣話說快快趕出閉上宅門．

長班　鳳撫回書尙未打發哩．

侯　書已寫就求老先生過目．

史　（讀介）

二祖列宗．

經營垂創.
吾皇辛苦力竭.
一旦傾移.
誰能重續滅絕.
詳列.
福藩罪案三椿大.
五不可勢局當歇.
再尋求賢宗雅望.
去留先決.

史　寫的明白料他也不敢望動了（吩咐介）就交與鳳撫來人.早閉宅門不
許再來囉唕（起介）正是江上孤臣生白髮
侯　燈前旅客罷冰絃
史侯（下）
長班（出呼介）馬老爺差人哩.

差役　　　有．

長班　　　領了回書，快快出去，我要閉門哩．

差役　　　（接書介）還有阮老爺要見怎麼就閉門．

阮　　　　（向長班介）正是我方纔央過求見老爺的難道忘了．

長班　　　（佯問介）你是誰呀．

阮　　　　我便是褲子襠裏阮哪．

長班　　　嗐半夜三更只管軟裏硬裏奈何的人不得睡．

差役　　　（推介）好好的去罷．（覺閉門入介）

阮　　　　（惱介）好可惡也竟自閉門不納了．（呆介）罷了．俺老阮十年之前這樣氣兒也

　　　　　得了回書我先去了．（下）

　　　　　不知受過多少且自耐他．（搓手介）只是當前機會不可錯過這史可法

　　　　　現掌着本兵之印如此執拗起來目下迎之之事便行不去了這怎麼處．（

　　　　　想介）呸我倒戱氣了如今皇上玉璽且無下落你那一顆部印有何用處．

　　　　　（指介）老史老史一盤好肉包撥上門來你不會吃我去讓了別人日後

　　　　　不要見怪正是．

　　　　　窮途繞解阮生嗟．

無主江山信手擎．

奇貨居來隨處贈．

不知福分在誰家．

（註一）朝宗是時是否在史公幕無可考以阻奸事歸朝宗云亭點染耳．

（註二）史可法字憲之號道鄰大興籍祥符人崇禎元年進士授西安府推官稍遷戶部主事歷
員外郎郎中八年遷太參議分守池州太平旋監江北諸軍數年與賊角十二年丁憂去服闋起
兵部右侍郎總督漕運十六年拜南京兵部尙書參贊機務（後事在每齣下分註）

（註三）南疆繹史史可法傳云『十七年四月朔知賊犯宮闕可法大會羣僚誓師勤王勒諸鎭
兵並進身卽渡江抵浦口及聞莊烈帝崩可法北向慟哭以首觸柱血流至踵遂發喪提兵欲長
驅決戰蕪諸將皆曰「社稷無主盍先擇君以定南都」是時潞王已過江泊舟無錫初議所
立謂以親則桂而遠以賢則潞而近而不知福王已在淮上也諸大臣之在南京者都御史張愼
言侍郎呂大器詹事姜曰廣等官謂福王不可立惟福王賢明可定大計移牒可法鳳陽總督
馬士英先迎款於福王欲挾之以居擁戴功而身還南京諸大臣議未定士英已擁福王至儀徵可法卽答以『無如福王至乃與諸大臣具
啓往迎』又呂大器曰「潞王常洵已渡江在吳中前侍郎錢謙益與雷縯祚等議立
之乃入說大器曰「潞王穆宗之孫神宗猶子昭穆不遠賢明可立福恭王昔者覬覦天位幾釀
大禍若立其子勢必翻三案以報私讎視吾輩組上肉矣公今掌禮兵二部事公若倡言誰敢異
議」大器然之愼言曰廣等亦附焉貽書可法言福王有七不可立……」案據此則七不可立

之說主之者呂大器等史可法不過附和並非首倡．其暗中主持者則錢謙益雷縯祚．而侯方域

則未聞桃花扇以歸諸史侯取劇場排演方便耳．

（註四）福王名由崧福恭王常洵子也常洵爲神宗（萬曆）子．母曰鄭貴妃特寵謀奪嫡萬曆
末及天啓初「挺擊」「紅丸」「移宮」三大案皆因此而起．東林楊左諸人攻之．閹徒崔魏
釁黨之傾軋報復．至明亡而後巳南渡之初．東林派不欲立福王．實恐其翻三案以報私讎也後
此福王昏淫顚覆誠足令東林振振有詞但以當時情勢論倫序之正實無出福王右．而東林所
欲立之潞王淸師入浙時迎降後卽立之亦未必有以愈於福王也．

（註五）明史福王傳云「萬曆二十九年封常洵爲福王婚費至三十萬營洛陽邸第至二十八
萬十倍常制廷臣請王之藩者數十百奏不報．至四十二年始令就藩．先是海內全盛帝所遺稅
使礦使遍天下月有進明珠異寶文罷錦綺山積他搜括嬴湊億萬計．至是多以資常洵臨行
出宮門召還數四期以三歲一入朝下詔賜莊田四萬頃所司力爭常洵亦奏辭得減半中州膄
土不足取山東湖廣田益之又奏乞故大學士張居正所沒產及江都至太平沿江荻洲雜稅錢
四川鹽井榷茶銀以自益伴讀承奉諸官假履徵就名．乘傳出入河南北齊楚間所至騷動又請
淮鹽千三百引設店洛陽與民市中使至淮揚支鹽乾沒．要求輒數倍而中州舊食河東鹽以改
食淮鹽故禁非王肆所出不行邊傾由此細．廷臣請改給王鹺於河東且無與
民市弗聽帝深居久羣臣章奏率不省獨福藩使通籍中左門一日數請朝上夕報可．四方姦人
亡命走利如鶩如是者終萬曆之世及崇禎時常洵地近屬尊朝廷尊禮之常洵日閉閣
飲醇酒所好惟婦女倡樂秦中流賊起河南大旱蝗人相食民間藉藉謂先帝耗天下以肥王洛
陽富於大內援兵過洛者喧言王府金錢百萬．而令吾輩枵腹死賊手：……」

（註六）崇禎十四年正月李自成陷洛陽常洵遇害．自成醢其肉雜以鹿肺名曰「福祿酒」．由

崧初封德昌王，進封世子，至是出走懷慶，七月嗣封福王。

（註七）明史奸臣傳言立潞王之議「陰主之者錢謙益，力持者呂大器，而前山東按察使僉事雷縯祚禮部員外郎周鑣往來游說，」演祚字介立，太湖人，鑣字仲馭，號鹿谿，金壇人，皆東林健將，後爲阮構殺。

第十五齣　迎駕

走兩路功名的是單身詞客，

同一副印板的是二位雲娘，

——燕子箋開弔場。

　　　　　阮大鋮

時間　明崇禎十七年甲申四月念八日。

地點　鳳陽府督撫衙門。

人物　馬士英——淨。

　　　阮大鋮——副淨。

　　　書辦——外。

　　　長班——丑。

布景——馬士英書房。

備用物——縉紳便覽眼鏡筆硯表章差吏衣服箱包馬鞭．

馬士英（冠帶上）

憑著這擁立功大權歸手．——（元卜算）

拜相與封侯．

捷足爭先．

看中原逐鹿交走．

一旦神京失守——

下官馬士英（註一）別字瑤草貴州貴陽衞人也起家萬曆己未進士現任鳳陽督撫幸遇國家大變正我輩得意之秋前日發書約會史可法同迎福王他回書中有『三大罪五不可立』之言阮大鋮走去面商他又閉門不納看來是不肯行的了但他現握著兵權一倡此論那九卿班裏如高弘圖姜日廣呂大器張維等誰敢竟行這迎立之事便有幾分不妥了沒奈何又託阮大鋮約會四鎮武臣及勳戚內侍未知如何好生焦急．

阮大鋮（急上）胸有已成之竹山無難劈之柴．

馬　（見問介）圓老回來了．大事如何．

阮　四鎮武臣見了書函欣然許諾．約定四月念八全備儀仗齊赴江浦矣．（註二）

馬　妙妙那高黃二劉怎麼說來．

（坐介）

他說受君恩爵封列侯．

鎮江淮千里借籌．

神京未收——

神京未收——

似我輩濫功糜餉．

建牙堪羞．

江浦迎鑾．

願領貔貅．

扶新主持節復讐．

這是馬公書房不免竟入．

馬

臨大事．

敢夷猶——（催拍）

馬阮

此外還有何人肯去．

還有魏國公徐鴻基司禮監韓贊周吏科給事李沾．（註三）監察御史朱國昌

勳衛科道都有箇把也就好了他們都怎麼說來．

他說馬中丞當先出頭．

衆公卿誰肯逗留．

職名早投——

職名早投——

大家去上書陳表．

擁入皇州．

新主中興．

拜舞龍樓．

將今日勞苦功酬．

馬

遷舊秩．
壯新猷．——（催拍）

果然如此妙的狠了．只是一件．我是一箇外吏．那幾箇武臣勳衛．也算不得

阮

部院卿僚目下寫表如何列名

這有甚麼考證取本縉紳便覽來．從頭鈔寫便了．

馬

雖如此說萬一駕到沒有百官迎接我們三五箇官．如何引進朝去．

阮

我看滿朝諸公那箇是有定見的乘輿一到只怕遞職名的還挨擠不上哩．

馬

是是表已寫就只空銜名取本縉紳來快快開列

書辦（最縉紳來）西河沿洪家高頭便覽在此．
（下）

阮

待我鈔起來．（偏頭遠視介）表上字體．俱要細楷的．目昏難寫這怎麼處．（想介）有了．（腰內取出眼鏡戴鈔介）「吏部尚書臣高弘圖」．（作手顫介）這手又顫起來了．目下等著起身一時寫不出急殺人也．

馬

還叫書辦寫去罷．

阮

這姓名裏面都有去取他如何寫得．

馬

你指示明白．自然不錯了．（叫介）書辦快來．

書辦（上）

阮馬（照縉紳指點向書辦介）

書辦（下）

馬　自古道．『中原逐鹿．捷足先得．』我們不可落他人之後．快整衣冠．收拾箱

包今日務要出城．

長班（收拾介）

阮（問介）請問老公祖．小弟怎生打扮．

馬　迎駕大典．比不得尋常私謁．俱要冠帶纏是．

阮　小弟原是廢員．如何冠帶．

馬　正是（想介）沒奈何權且充箇賣表官罷——只是屈尊些兒．

阮　說那裏話．大丈夫要立功業．何所不可．到這時候還講甚方麼．

馬（笑介）妙妙妙．纔是箇『軟圓老』．

阮（換差吏服色介）

　　喜今朝涸海更流．

　　拌餘生寒灰已休．

二二〇

金鰲上鉤——

金鰲上鉤——

為似太公一鉤．

享國千秋．

牛馬風塵．

暫屈何憂．

刀筆吏丞相根出．

人笑罵．

我不羞．——　（催拍）

書辦（上）書已列名．老爺過日

阮（看介）果然一些不差就包裹好了裝入箱中．

書辦（包裹裝箱內介）

阮　　　下官只得背起來了．

書辦長班與阮（綁箱背上介）

馬　（看笑介）圓老這件功勞却也不小哩．

阮　（正色介）不要取笑．日後盡在凌煙閣上．到有些神氣的．

長班　（牽馬介）天色將晚請老爺上馬．

馬　（吩咐介）這迎駕大事帶不的多人只你兩箇跟去罷．

阮　便益你們後日都要議敍的

（俱上馬急走繞場介）

趁斜陽南山兩收．

控青驄煙驛水郵．

金鞭急抽──

金鞭急抽──

早見浦江雲氣．

楚尾吳頭．

應運英雄．

虎赴龍投．

二一四

馬
恨不的雙翅颼颼．
銀燭下
拜冕旒．—（催拍）
叫左右早去尋下店房．
阿呀我們做的何事今日還想安歇．快跑．快跑．

馬 江雲山氣晚悠悠．
阮 馬走平川似水流．
馬 莫學防風隨後到．
阮 塗山明日會諸侯．

（註一）馬士英事蹟在明史奸臣傳．其與本書有關者附註每齣中．

（註二）南都立君議起時士英爲鳳陽總督握兵內結操江提督誠意伯劉孔昭．南京守備魏國公徐弘基外結靖南伯黃得功總兵官劉澤清劉良佐高傑．—即所謂四鎮者連營江北以四月廿八日擁福王至浦口．當時劉孔昭爲最熱中擁戴之一人桃花扇不屑其名不知何故．

（註三）當議迎立福王時呂大器方兼署禮兵二部印頓筆不肯署吏科給事中李沾承士英指厲聲曰「今日有異議者死之」議遂定．

桃花扇註（上）

第十六齣　設朝〔註一〕

江山南國尚依然．
獨見衣冠倍去年．
日日除書拜新命．
何人曾說舊幽燕．
　　——吳次尾

甲申至南京作．

時間　明崇禎十七年甲申五月一日．

地點　南京偏殿

人物　弘光帝（神宗之孫．福邸親王之子．封爲德昌郡王）——小生．
　　　二監——老旦小旦
　　　史可法——外
　　　馬士英——淨
　　　黃得功——末
　　　劉澤清——丑．

二二六

阮大鋮──副淨．

布景──偏殿內．

備用物──儀仗袍笏表文本章諭旨．

弘光帝（衮冕二監引上）

高皇舊字．

看官門殿閣．

重重初敬．

滿目飛騰新紫氣．

倚著鍾山千丈．

祖德重光．

民心合仰．

迎俺青天上．

雲消簾捲．

東南煙景雄壯．──

（念奴嬌）

一朵黃雲捧御牀。

醒來魂夢自徬徨。

中興不用親征戰。

纔洗塵顏著冕裳。

寡人乃神宗皇帝之孫福邸親王之子自幼封爲德昌郡王去年賊陷河南父
王殉國寡人逃避江浦九死餘生不料北京失守先帝升遐南京臣民推俺爲
監國之主今乃甲申五月初一日早謁孝陵回宮暫御偏殿看百官有何奏章

史可法馬士英黃得功劉澤清（文武袍笏上）

再見冠袞盛。

重瞻殿闕高。

金甌仍未缺。

玉燭又新調。

我等文武百官昨日迎鑾江浦。今日陪位孝陵。雖投職名未稱朝賀禮當恭上
表文請登大寶（衆前跪上表介）南京吏部尙書臣高弘圖等恭請陛下早
正大位改元聽政以慰臣民之望恭維陛下呵。

潛龍福邸

望揚揚．

貌似神宗．

嫡派天潢．

久著仁賢聲譽重．

中外推戴陶唐．

瞻仰．

牒出金枝．

系連花萼．

宜承大統諸宗長．

臣伏願登庸御宇．

早繼高皇──（本序）

（四拜介）

弘光　寡人外藩衰宗才德涼薄俯順臣民之請來守高帝之宮君父含冤大讐未報有何面顏忝然正位今暫以藩王監國仍稱崇禎十七年一切政務照常

辦理諸卿勿得諄請以重寡人之罪．

休強．

中原板蕩．

嘆王孫乞食江頭．

棲止榛莽．

回首塵沙何處去．

洛下名園花放．

盼望．

兵燹難消．

松楸多恙．

鼎湖弓劍無人葬．

吾怎忍垂旒正冕．

受賀當陽——（換頭本序．）

眾（跪呼介）萬歲萬萬歲真仁君聖主之言臣等敢不遵旨但大讎不當遲報中原不可

二二〇

久．失將相不宜綏設．謹具題本．伏候裁决．（上本介．）

開朗．

中興氣象．

見罘恩瑞靄祥雲．

王業重創．

不共天讐從此後

嘗膽眠薪休忘．

參想．

收復中原．

調變黃閣．

急須封拜卜忠亮．

還缺少百官庶士．

乞選才良．──（換頭本序）

弘光

覽卿題本汲汲以報讐復國為請俱見忠悃．至於設立將相．寡人已有成議．

眾卿聽著．——

職掌
先設將相．
論麒麟畫閣功勞．
迎立爲上．
捧表江頭星夜去——
擁着乘輿儀仗
尋訪．
加體黃袍．
嵩呼拜舞．
百忙難把璽符讓．
今日裏論功敍賞．
文武誰當——

（換頭本序）

眾卿且退午門候旨．

弘光內官（隨下）

史可法馬士英黃得功劉澤清（退班立介）

史　若論迎立之功，今日大拜，自然讓馬老先生了．

馬　下官風塵外吏，焉能越次而升，若論國家用武之際，史老先生現居本兵，禮
當大拜（向黃劉介）四鎮實有護駕之勞，加封公侯，只在目下．

黃劉　皆賴恩帥提拔．

內監（捧旨上）聖旨下——鳳陽督撫馬士英倡議迎立功居第一，卽陞補內閣大學士，
兼兵部尚書．入閣辦事．吏部尚書高弘圖禮部尚書姜曰廣（註二）兵部尚書
史可法亦皆陞補大學士，各兼本衙．高弘圖姜曰廣入閣辦事．史可法着督
師江北．其餘部院大小官員，現任者各加三級，缺員者將迎駕人員論功選
補．又四鎮武臣靖南伯黃得功與平伯高傑東平伯劉澤清廣昌伯劉良佐，
俱進封侯爵，各回汎地謝恩．

衆（謝恩介）萬歲萬歲萬萬歲．

（起介）

史（向黃劉介）老夫職居本兵，每以不能克復中原爲恥，聖上命俺督師江北，正好勤力報
效．今與列侯約定於五月初十日，齊集揚州，共商復讎之事，各須努力勿得

史　　老夫走馬到任去也。正是。

　　　　重興東漢逢明主。

　　　　收復中原任老臣。

黃劉　是。（遲延。）

　　（別衆下。）

黃劉　（欲下介。）

馬　　（喚介。）將軍轉來。（拉手語介。）聖上錄咱迎立之功。拜相封侯。我等皆係勳舊大
　　　　臣。此不得別筒。此後內外消息。須要兩相照應。千秋富貴。可以常保矣。

黃劉　蒙恩攜帶得有今日。敢不遵諭。

　　（急下。）

馬　　（笑介。）不料今日做了堂堂首相。好快活也。

阮大鋮　（探頭瞧介。）

馬　　（欲下介。）且住立國之初。諸事未定。不要叫高姜二相。奪了俺的大權。且慢回家竟自

　　　　入閣辦事便了。（欲入介。）

阮　　（悄上作揖介。）恭喜老公祖果然大拜了。

二三四

馬（驚問介）你從那裏來．

阮　晚生在朝房藏着打聽新聞來

馬　此係禁地今日立法之始你靑衣小帽在此不便請出去罷．

阮　晚生有要緊話說（附耳介）老師相敍迎立之功獲此大位晚生賫表前

馬　往亦有微勞如何不見提起

阮（喜介）方纔宜各部院缺員許將迎駕之人敍功選補矣

馬　好好還求老師相薦拔

阮　你的事何待諄囑（欲入介）

馬　事不宜遲晚生權當班役跟進內閣看看機會何如．

阮　學生初入內閣未諳機務你來幫一幫也不防事只要小心著．

馬　曉得（替馬拿笏板隨行介）

阮　廿四考中書模樣．

喜　一旦趾高氣揚．

新　丞相．

舊　黃扉．

阮

莫忘辛勤老陪堂． ──（賽觀音）

馬殿閣東偏曉霧黃．

阮新參知政氣昂昂．

馬過江同是從龍彥．

阮也步金階抱笏囊．

〔註一〕南都初建大事日表如下．

崇禎十七年四月廿八日以迎立福王告於廟．

四月廿九日徐弘基等迎王於江浦．

五月初一日王謁孝陵畢駐蹕內守備府．

初二日羣臣勸進王辭讓稱監國．

初五日以史可法高弘圖為大學士入閣辦事馬士英為大學士仍總督鳳陽等處軍務．

初七日以姜曰廣王鐸為大學士入閣辦事日廣辭以呂大器為吏部左侍郎召前都察院左都御史劉宗周復官．

初八日分江北為四鎮以黃得功劉澤清劉良佐高傑分統之傑駐徐州良佐駐壽州澤清駐淮安得功駐廬州設督師於揚州節制諸鎮

初九日馬士英率兵入朝．

十一日羣臣勸進凡三上王許之．

第十七齣　拒媒（註一）

名士傾城氣味投．

何來豪貴起戈矛．

却奩更避田家聘．

彷彿徐州燕子樓．

——吳陳琰．桃花扇題詩．

十二日史可法自請督師江北．許之．

十五日王即位．以明年爲弘光元年．

十六日馬士英入閣辦事．仍掌兵部尙書事．

十七日封黃得功靖南侯．左良玉寧南侯．高傑興平伯．劉澤淸東平伯．劉良佐廣昌伯．加士英太子太師．

十九日史可法陛辭出京．督師揚州．

六月初五日馬士英薦阮大鋮知兵．命予冠帶來京陛見．

八月三十日中旨以阮大鋮爲兵部右侍郎巡閱江防．

（註二）高弘圖字研文．膠州人．其年十月因竹馬士英致仕．南都亡．絕食殉於會稽之竹圍寺．姜曰廣字居之．新建人．其年九月因中旨起用阮大鋮抗疏乞休．順治六年金聲桓敗後赴水死．

時間　明崇禎十七年甲申五月．

地點　南京．

人物　楊文驄——末．

長班——雜．

丁繼之——副淨．

沈公憲——外．

張燕筑——淨．

卞玉京——老旦．

寇白門——小旦．

鄭妥娘——丑．

李香君——旦．

布景一　南京楊文驄私第內．

楊文驄（冠帶上）

南朝領略風流盡，

新立箇妙齡君．

清江隔斷濁烟塵．

蘭署裏買香薰——（燕歸梁）

楊　下官楊文聰因敘迎駕之功補了禮部主事盟兄阮大鋮仍以光祿起用．又有

同鄉越其杰、田仰（註二）等亦皆稱官同日命下．可稱一時之盛目下漕撫缺人．

該推陞田仰（註三）適纔送到聘金三百託俺尋一美妓要帶往任所我想青樓

色藝之精無過香君．不免替他去問．（喚介）長班走來．

長班（上）　胸中一部縉紳腳下千條胡同．（見介）老爺有何使喚．

楊　你快請清客丁繼之女客下玉京到我書房說話．

長班　稟老爺小人是長班只認的各位官府那些串客表子沒處尋覓．

楊　聽我吩咐．

　　鬧端陽正紛紜．

　　水閣含春．

長班　便有那烏衣子弟伴紅裙．

　　難道是織女牽牛天漢津．

長班　就在那秦淮河房麼小人曉得了．

楊（指介）你望着棗花簾影杏紗紋．

那壁廂欵欵問慇懃——（漁兒燈）

丁繼之沈公憲張燕筑（上）院裏常留老白相朝中新聘大陪堂．

丁　來此是楊老爺私宅待我叫門（叫介）位下那裏

長班　眾位何來．

丁　老漢是丁繼之同這沈張兩徹求見楊老爺煩位下通報一聲．

長班（喜介）正要去請來的湊巧待我通報（欲入介）

卞玉京寇白門鄭妥娘（上）紫燕來何早黃鶯到已遲

寇（叫介）三位略等一等同進去罷

丁　原來是你姊妹們．

張　你們來此何幹

鄭　大家是一樣病根你們怕做師父我們怕做徒弟的．

（俱入介）

楊（喜介）如何來的恰好．

眾　無事不敢輕造今日特來懇恩尚容拜見（俱叩介）

二三〇

楊　（拉起介）請坐。有何見教。

丁　（問介）新補光祿阮老爺是楊老爺至交麼。

楊　正是。

丁　聞得新主登極阮老爺獻了四種傳奇聖心大悅。把燕子箋鈔發總綱。要選

楊　我們入內教演。有這話麼。

丁　果然有此盛擧。

楊　不瞞老爺說我們兩片脣。養着八張嘴這一入內庭。豈不滅門絕戶了一家

張　兒。

鄭　我們也是八張嘴。靠着兩片皮哩。

楊　（笑介）不必著忙當差承應自有一班教坊男女。你們都算名士數裏的。誰好擎你

衆　只求老爺護庇則箇。

楊　明日開列姓名送與阮圓海叫他一概免擧便了。

衆　多謝老爺

看一片秣陽春煙水消魂。

借着些笙歌裙屐醉斜曛。

若把俺盡數入選呵。

從此後江潮暮雨掩柴門．

再休想白舫青簾載酒罇．

老爺果肯見憐這功德不小．

保秦淮水軟山溫——（漁兒燈）

楊　下官也有一事借重．

丁　老爺有何見教．

楊　舍親田仰不日就陞漕撫適纔送到聘金三百託俺尋一小寵．

鄭　讓我去罷．

張　你去不得你去了這院中便散了板兒了．

鄭　怎的便散了板兒．

張　沒人和我打釘了．

鄭　啐．

丁　老爺意中可有一箇人兒麼．

楊　人是有一箇在這裏只要你去作伐．

卞　是那箇．

楊　　便是李家的香君.

丁　〔搖頭介〕這使不得.

楊　如何使不得.

丁　他是侯公子梳櫳過的。

現　有箇秦樓上吹簫舊人.

何　處去覓封侯柳老三春.

留　着他燕子樓中畫閉門.

怎　教學改嫁的卓文君.

卜

侯公子一時高興如今避禍遠去那裏還想着香君哩但去無妨.香君自侯郎去後立志守節不肯下樓豈有嫁人之理去也無益.

似　一隻雁失羣.

單　宿水獨叫雲.

每　夜裏月明樓上度黃昏.

洗　粉黛.

抛　扇裙.

桃花扇註（上）

二三三

罷笛管．

歇喉唇．

楊　（覺）是長齋綉佛女尼身．

　　怕落了風塵——（錦上花）

丁　雖如此說．但有強如侯郎的．他自然肯嫁．

楊　香君之母原是老爺厚人．倒是老爺面講更好．

　　你是知道的侯郎梳攏香君原是下官作伐今日觀面如何講說還煩二位

張沈　走走．自有重謝．

楊　這等我們也走走．

寇鄭　呸．皮肉行裏經紀只許你們做麼俺也同去．

楊　不必爭鬧待他二位說不來時你們再去．

衆　是．是．辭過老爺罷．

楊　也不遠送了．狎客滿堂消我悶．嫁衣終日爲人忙．（下）

丁卞　楊老爺免了咱們差事莫大的恩典哩．

沈張　正是．

丁　你四位先回．俺要到香君那邊．替楊老爺說事去了．

鄭　賺了錢．不可偏背大家分纔好．

衆　（譚下）

丁卜　（同行介）

卜　記得侯公子桃檻香君．也是我們幫襯來．

想當初華筵盛陳．

配才子佳人．

排列着花林粉陣．

逐趁著箏聲笛韻．

如今又去幫襯別家好不賴顏．

怎似郵亭馬嘶．

迎官送賓．

丁　我們不去何如．

卜　俺若不去呵．

又怕他新錚錚春官匣印．

硬選入秋宮院門．

卜　這等如之奈何

丁　俺自有箇兩全之法．

到那邊款語商量．

柔情索問．

做一箇閒蜂媒花裏混．——（錦中拍）

卜　妙妙．

丁　來此已是不免覺進．（嗅介）貞娘出來．

李香君（上）空樓寂寂含愁坐長日懨懨帶病眠（問介）樓下那箇．

卜　丁相公來了．

香　原來是卜姨娘同丁大爺光降請上樓來．

丁卜（見介）令堂怎的不見．

香　（敬介）往盒子會裏去了．（讓介）（請坐獻茶同坐介）

卜　香君開坐樓窗和那箇頑要．

香　姨娘不知

俺獨自守空樓．望殘春．白頭吟罷淚沾巾．

卜　何不招一新壻．

香　奴家已嫁侯郎豈肯改志．

丁　我們曉你苦心今日禮部楊老爺說有一位大老田仰肯輸三百金娶你爲妾託俺來問一聲．

香　這題目錯認．這題目、錯認．可知定情詩紅絲拴緊．抵過他萬兩雪花銀．賣笑哂．

卜　這事憑你裁奪你旣不肯另問別家有句欄豔品．

奴是薄福人．

不願入朱門．——（錦後拍）

卜　　既如此說回他便了．

丁　　令堂回家．不要見錢眼開．

香君　媽媽疼奴亦不肯相强的．

丁　　如此甚好可敬可敬（起介）別過了．

沈張寇鄭（急上）兩處紅絲千里繫一條黑路六人忙．

張　　快去快去他二人說成便偏背我們了．

鄭　　我就不依他饒他吃到口裏還倒出臟來（進介）

張　　香君恭喜了．

香君　喜從何來．

寇　　雙雙媒人來你家還不喜哩．

香君　敢他說甲仰的事麼．

張　　便是．

香君　方纔奴已拒絕了．

沈　楊老爺的好意．如何拒得．

他為你生小綠珠花月身．

尋一個金谷綺羅裏石季倫．

香君　奴家不圖富貴這話休和我講．

丁卜　我二人在此勸了半日他決不肯嫁人的．

窈　他不嫁人明日拏去學戲要見箇男子的面也不能夠哩．

香君　奴便終身守寡．

臥觥觫夜夜傷神．

歌殘舞罷鎖長門．

有何難哉．

只不嫁人．

鄭　難道三百兩花銀買不去你這黃毛丫頭麼．

香君　你要銀子你便嫁他不要管人家閒事．

鄭　（怒介）好丫頭搶白起娘姨來了．我就死在你家（撒潑介）

小私窠賤根．

小私窺賊根。

掉巧舌訕謗尊親。

張（發威介）好大膽奴才楊老爺新儆了禮部。連你們官兒都管的着。明日拏去梆掉你指頭。

管烟花要津。

管烟花要津。

觸惱他風狂雨迅。

准備着桃傷柳損。

香君　儘你嚇說奴的主意已定了。

卞　瞧他小小年紀倒有志氣。

丁　嚇他不動走罷走罷。

鄭　玠這裏撒潑沒箇人來拉拉氣死我也他不嫁人我扭也扭他下樓。

硬推來門外雙輪。

硬推來門外雙輪。

硬推來門外雙輪。

兜折寶釧．

扯斷湘裙．

丁　自古道有錢難買不賣貨．撒了賴當不的．大家散罷．

沈寇　我兩箇原要不來吃虧老燕老妥强拉到此惹了這場沒趣．走．走．走．

氣忍吞聲．

掩羞面．

快出門．

張鄭　我們也走罷．

乾發虛．

沒鈔分．

遺臊撒糞．——

（北鬪玉郎）

沈張寇鄭（俱譚下）

丁下　香君放心我們回絕楊老爺．再不來纏你便了．

香君（拜介）這等多謝二位（作別介）

丁蜂媒蝶使鬧紛紛.

二四二

香君 闖入紅窗攪夢魂.

卜一點芳心探不去.

香君 朝朝樓上望夫君.

（註一）田仰以三百金聘香君香君卻之事見朝宗所為李姬傳朝宗復有答田中丞書云

「承示省訟慚恩無所自容執事與僕薗不齊倍徙位不齊題隔顧猥與僕道及少年之遊謂執事往日嘗以兼金三百招致金陵伎為伎所卻僕實敦之而因以爬垢索瘢甚指譏執事者僕誠不自修飾然竊重為執事累也使執事無可議則昔賢如白太傅歐陽公東坡居士皆與鳴珂不廢酣答未聞後世之議之也何獨至執事而苛求之執事果有可議即不微伎庸但已乎僕之來金陵也太倉張西銘偶語僕曰「金陵有女伎李姬能歌玉茗堂詞尤落落有風調」僕因與相識間作小詩贈之未幾下第去不復更與相見後半歲乃聞其卻執事金嘗竊歎異自謂知此伎不盡而又安從教之且執事之邀之在僕去金陵之後今天下如執事者不止一人豈僕居常獨時時標舉執事之姓名頂告此伎訓異日或邀若必不得逞乎此伎而無知也者以執事三百金之厚貲曾不能一動之此其胸中必自有說而何待乎僕之告之也士君子立身行己自有本末.丞之貴曾不能一動之此其胸中必自有說而何待乎僕之告之也士君子立身行己自有本末.反覆來示益復汗下.惟執事垂察不宣」詩之侜儷逡頤指而使之耶.惟執事垂察不宣」案此事誠有之.但恐非在甲申年.或是庚辰辛巳間耳.

（註二）呂大器劾馬士英疏云：『……姻婭若越其杰田仰楊文驄等．皆先朝罪人．盡登臃代名器僭越莫此爲甚．』

（註三）馬士英入閣辦事之次日．以田仰巡撫淮揚提督軍務兼理海防．非任漕撫也．漕撫乃仰在天啓時舊官耳．

第十八齣　爭位

呻吟轉側今何地．

跋扈飛揚各一時．

　　　　　杜于皇變雅堂詩．

時間　明崇禎十七年甲申五月．

地點　揚州

人物　侯朝宗——生．

　　　書童——小生．

　　　史可法——外．

　　　高傑——副淨．

　　　黃得功——末．

　　　劉澤清——丑．

劉良佐——淨．

衆雜

侯朝宗（上）

布景——史閣部書房．

備用物——儀衛筆硯告示刀．

擊楫中流看誓師

長江不限天南北

書空殷浩欲何爲

無定輸贏似奕棋

侯朝宗（上）　小生侯方域前日替史公修書．一時激烈有『三大罪五不可立』之議．不料福王今已登極馬士英竟入閣辦事把那些迎駕之臣皆錄功補用史公雖亦入閣又令督師江北這分明有外之之意了史公却全不介意反以懊兵勳賊爲喜如此忠肝義膽人所難能也現在開府揚州命俺參其軍事（註一）約定今日齊集四鎮共商防河之計不免上前一問（作至書房介）管家那裏

書僮（上）侯爺來了待我通報．

僮　請．

史可法（上）

持節江皋．

龍驤虎嘯．

憂國事不顧殘軀．

雙鬢蒼白了──（北點絳唇）

（見侯介）世兄可知今日四鎮齊集共商大事．不日整師誓旅．雪君父之讎了．

侯　如此甚妙只有一件──高傑鎮守揚通兵驕將傲那黃劉三鎮每發不平之恨今日相見大費調停萬一兄弟不和豈不爲敵人之利乎．

史　所說極是今日相見俺自有一番勸慰之言

僮（報介）轅門傳鼓說四鎮到齊伺候參謁

侯（下）

史（升帳吹打開門）

雜（排左右儀衞介）

高傑黃得功劉澤清劉良佐（俱介冑上）（註二）

只恨燕京無樂毅．

誰知江左有夷吾．

（入見稟介）四鎮小將叩見閣部大元師．（拜介）

史（拱手立介）列侯請起

高等（俱排立介）聽候元帥將令．

史 本帥以閣部督師君命隆重大小將士俱在指揮之下．

衆 豈敢

史 四鎮乃堂堂列侯不比尋常武弁（舉手介）屈尊侍坐共議軍情．

衆 是．

史 本帥命坐便如軍令一般不可推辭．

衆 是（揖介）告坐了．

（高首坐黃清佐依次坐介）

黃（怒視高介）

史 淮南險要．

江河保障勢滔滔．

一帶奇雲結陣．

滿目細柳垂條．

鐵馬嘶風先突塞．

犀軍放弩早驚潮．

說甚慶徐、常、沐、鄧．

比得上絳灌蕭曹．

同心共把乾坤造．

看古來功臣閣丹青圖畫．

似今日列侯會劍佩弓刀．——（混江龍）

黃　(怒介) 元帥在上小將本不該爭論．(註三)（指介）這高傑乃投誠草寇．有何戰功

今日公然坐俺三鎮之上．

高　我投誠最早齒又尊豈肯居爾等之下．

清　此處是你汛地我們都是客兵連一箇賓主之禮不曉得還要統兵．

佐　他在揚州享受繁華尊大慣了今日也該讓咱們來享享．

高　你們敢來我就奉讓．

黃　那箇是不敢的.（起介）兩位劉兄同我出來.卽刻見箇强弱.（怒下.）

史　（向高介）他講的有理.你還該讓讓纔是.

高　小將寧死不在他們之下.

史　你這就大錯了.

四鎮堂堂氣象豪.

倚仗著恢復北朝.

看您挨肩雁序.

恰似好同胞.

為甚的爭坐位失了同心好.

鬮齒牙變了協恭貌.

一箇眼睜睜同室操戈盾.

一箇怒沖沖平地起波濤.

沒見陣上逞威風.

早已窩裏相爭鬧.

笑中興（封了一晆

（指介）

小兒曹——（油葫蘆）

不料四鎮英雄可笑如此老夫一天高興却早灰冷一半也沒奈何且出張告

示曉諭三鎮叫他各回汛地聽候調遣（向高介）你既駐紮本境就在本帥

標下做箇先鋒各有執掌他們也不敢來爭鬧了。

高　多謝元帥

史　待老夫寫起告示來。（寫介）

內　（喊吶介）

高　（不辟出介）

高　（出見介）你青天白日持刀吶喊竟是反了。

黃二劉（持一刀上）高傑快快出來。

高　我們爲什麼反只要殺你這箇無禮賊子。

黃　你們敢在帥府門前如此放肆難道不是無禮賊子麼。

高　（入轅門叫介）閣部大老爺救命呀黃劉三賊殺入帥府來了。

黃、劉（趕殺高介）

黃、二劉（門外喊罵介．）

史（驚立介．）

俺只道塞馬南來把戰挑．

殺聲漸高．

却是咱兵自鑒．

這時候協力同讐還愁少．

怎當的閱牆鼓譟．

起了箇離閒根苗．

這纔是將難調．

北賊易討──（天下樂）

（吩咐介）快請侯相公出來．

雜（向內介）侯爺有請．

侯（急上）晚生已聽的明白了．

史　借重高才傳俺帥令安撫亂軍．

侯　　如何安撫．

史　　老夫有告示一紙．快去曉諭他們便了．

侯　　遵命（接告示出見介）列侯請了．小弟乃本府參謀．奉閣部大元帥之命．曉諭三鎮知悉．恭逢新主中興．闖賊未討．正我輩枕戈待旦立功報效之時．不宜懷挾小忿致亂大謀．侯收復中原．太平賜宴論功飲坐．自有朝儀目下軍容匆遽凡事權宜皆當相諒無失舊好與平侯高原鎮揚通今卽留在本帥標下委作先鋒靖南侯黃仍回廬和束平侯劉仍回淮徐廣昌侯劉仍回

黃　　鳳泗靜聽調遣勿得抗違軍法凜然本帥不能容情也特諭．

侯　　我們只要殺無禮賊子．怎敢犯元帥軍法．

清　　目今轅門截殺．這就是軍法難容的了．

佐　　旣是這等．不要驚著元帥．大家且散．

　　　　明日殺到高傑家裏去罷．正是．

　　　　國讎猶可恕．

　　　　私恨最難消．

（下）

侯　（入見介）三鎮聞令暫且散去．明日還要廝殺哩．

這却怎處．（指高介．）

高將軍．

你橫將讒讒招．

為甚的不謙恭妄自驕．

坐了箇首席鄉三老．

惹動他諸侯五路刀．

憑儀秦一番舌戰巧．

也不過息兵半晌饒．

費調停．

乾焦燥．

難消釋．

空懊惱．

這情形何待瞧．

那事業全丟了．——

（後庭花）

元帥不必著急。明日和他見過輸贏把三鎮人馬併俺一處隨著元帥恢復

中原却亦不難也。

你說的是那裏話。現今流寇北來將渡黃河。總兵許定國不能阻擋連夜告

急正要與四鎮商議發兵防河今日一動爭端俺大事豈不可憂。

他三鎮也不爲別的——只因揚州繁華要來奪取俺怎肯讓

這話益發可笑了。

領著一枝兵。

和他三家傲。

似累卵泰山壓倒。

你占住繁華廿四橋。

竹西明月夜吹簫.

他也想隋堤柳下安營巢.

不教你蕃釐觀獨誇瓊花少.

誰不羨揚州鶴背飄

妬殺你腰纏十萬好。

怕明日殺聲咽斷廣陵濤——（煞尾）

侯

罷罷罷。老夫已拼一死更無他法侯兄長才只索憑你籌畫了。

且看局勢再作商量。

史侯（下）

高（登場介）俺高傑也是一條好漢難道坐以待斃不成。明日黃金壩上點齊人馬排下

陣勢等他來時迎敵便了。正是。

（吹打俺門雜俱下）

龍爭虎鬬逞英豪。

杯酒筵邊動劍刀。

劉項何須成敗論。

將軍頭斷不降曹。

（註一）朝宗曾參史公軍事。蓋屬事實。然桃花扇繫其事於甲申五月。恐太早考朝宗年譜甲申年條下云『阮大鋮修東林之怨逮復社諸子公依蘇松撫軍張鳳翔』又云『阮復檄捕公公渡江依史可法於揚州』又練貞吉四憶堂詩集序云『甲申朝宗罹皖江黨人之獄避先司馬

公．（案貞吉之父練國事也朝宗九哀詩國事居其一）邸中始與余定交．」大鋮起用在是年

八月．其與黨獄在冬間大抵難初作時朝宗暫匿練國事家旣乃走蘇州依張鳳翔．檄捕益急．乃

更依史公使五月前久在史幕何以難作後忽練忽張轉徙無定但俟史本屬事誼朝宗或常往

來史公幕中參謀議亦屬意中事故史公九月十五日答清睿王多爾袞書相傳爲朝宗手筆桃

花扇將史公許多事蹟穿插入朝宗亦非無因也

（註一）黃得功字虎山開原衛人崇禎初以入援山東功官總兵十七年封靖南伯南都立進封

侯駐盧州與高傑二劉並稱四鎮．

（註二）高傑字英吾米脂人與李自成同縣同起事盜自成妻邢氏歸降涖升總兵官孫傳庭敗於潼關

時傑有衆四十萬渡河南下大掠邪泗之間南都立封興平伯駐揚州．

劉澤清字鶴洲曹縣人崇禎末官至總兵久鎮山東懸掠無已好賂權貴集賓客弄文墨京師陷．

走南京以擁立功封東平伯駐廬州．

劉良佐故淮撫朱大典部將福王封廣昌伯駐壽州．劉良佐字明輔大同左衞人故淮撫朱大

典部將福王封廣昌伯初與高傑同居李自成麾下傑隸內營良佐護外營後傑降良佐亦

降（見南略三）

（註三）四鎮爭闘事詳第十九齣註一．

第十九齣 和戰（註）

恨山河半傾．

恨山河半傾

怎能重構．

人心�		解忘恩舊．

————本詞．

時間　明崇禎十七年五月．

地點　揚州黃金壩．

人物　黃得功————末．

　　　劉澤清————淨．

　　　劉良佐————淨．

　　　高傑————副淨．

　　　侯朝宗————生．

　　　軍校————雜．

　　　小軍————雜．

　　　探卒————雜．

布景　郊野．

備用物　旗幟兵仗大刀長槍雙鞭雙刀令箭傳鑼．

黃得功、劉良佐、劉澤清（戎裝）雜（扮軍校執旗幟器械吶喊上）

黃　兄弟們俱要小心著．聞得高傑點齊人馬．在黃金壩上伺候迎敵．我們分作

三隊依次而進．

佐　我帶的人馬原少．讓我挑戰．兩兄迎敵便了．

黃　我的田雄不曾來．我作第二隊．總叫鶴洲哥哥歷哨罷．

澤　就是如此．大家殺向前去（搖旗吶喊急下）

高傑（戎裝軍校執械隨上）大小三軍——排開陣勢伺候迎敵．

探卒（上）報．報報——三家賊兵搖旗吶喊．將次到營了．

佐（持大刀上）老高——快快出馬．今日和你爭箇誰大誰小．

高（持鎗馬上）你花馬劉．是咱家小兄弟那箇怕你．

內　（擊鼓）

高　佐高（廝殺介）

高（叫介）三軍齊上．活捉了這箇劉賊．

雜　（上亂戰介）

佐　（敗下）

高　我黃闖子的本領．你是曉得的．快快磕頭．饒你一死．

黃（持雙鞭上）我高老爺不稀罕你這活頭．要取件那顆死頭的．

內　（擊鼓）黃高（廝殺介）

桃花扇註（上）

二五七

高　（叫介）三軍再來．

雜　（上亂戰介）

黃　（急介）從來將對將兵對兵．如何這樣混戰．倒底是箇無禮賊子今日且輸與你．（敗下）

清　（持雙刀領衆喊上介）高傑——你不要逞強我劉鶴洲也帶着些人馬哩就

高　混戰一場．有何不可．我翻天鷂子不怕人的憑你竪戰也可．橫戰也可．殺殺殺

　　（兩隊領衆混戰介）

侯　（持令箭立高臺小軍持鑼敲介）

衆　（止殺仰看介）

侯　（搖令箭介）閣部大元帥有令．四鎮作反皆督師之過．請先到帥府殺了元帥．次到南京．搶了宮闕不必在此混戰騷害平民

清　　帥我們並不曾作反只因高傑無禮混亂坐次．我們爭箇明白日後好參謁元

高　　帥我高傑乃本標先鋒怎敢作反他們領兵來殺只得迎敵．

侯　不奉軍令妄行廝殺都是反賊明日奏聞朝廷你們自去分辯罷．

清　朝廷是我們迎立的。元帥是朝廷差來的。我們違了軍令。便是叛了朝廷。如
　　何使得情願束身待罪只求元帥饒恕

侯　高將軍——你如何說

高　我高傑是元帥犬馬犯了軍法只聽元帥處分。

侯　既如此說速傳黃劉三鎮同赴轅門央求元帥

清　二鎮敗走各回汛地去了。

侯　你淮揚兩鎮唇齒之邦又無宿嫌為何聽人指使快快前去侯元帥發落。

　　（衆兵下）

侯　（下塲）

　　（清高同行到介）

清　已到轅門了。兩位將軍在外等候待俺傳進去（稍延卽出介）元帥有令。
　　四鎮擅相爭奪皆當軍法從事但高將軍不知禮體挑嫌起釁罪有所歸著
　　與三鎮服禮侯解和之日再行處分

侯　勸將軍自思。

清　勸將軍自思。

　　禍來難救。

桃花扇註（上）　　　　　　　　　　　　二五九

覓荊早向轅門叩．

高　（惱介）我高傑乃元帥標下先鋒元帥不加護庇倒叫與三鎮服禮．可不羞死人也．
罷罷罷看來元帥也不能用俺了．不免領兵渡江另做事業去

這屈辱怎當．

這屈辱怎當．

渡過大江頭．

事業掀天做．

（喚介）三軍快來隨俺前去．

（衆兵上吶喊搖旗隨下）

清　（裹介）呀呀呀高傑竟要過江了．想江南有他的黨羽．不日要領來與俺廝鬧俺也
早去約會黃劉二鎮多帶人馬到此迎敵．

笑力窮遠走．

笑力窮遠走．

長江洗羞．

防 他 重 來 作 寇 ——（香柳娘）

淨（下）

侯（呆介）不料勢局如此，叫俺怎生收救，

恨山河半傾，

恨山河半傾，

怎能重攜，

人心瓦解忘恩舊，

（南望介）那高傑竟是反了，

看揚揚渡江，

看揚揚渡江，

旗幟亂中流，

直入南徐口，

（北望介）那劉澤淸——也急忙北去，要約會三鎭人馬同來迎敵，

這煙塵徧有

遺煙塵徧有.

好叫俺元帥搔頭.

參謀搓手――（香柳娘）

（行介）且去回覆了閣部再作計較正是

堂堂開府轄通侯.

江北淮南數上游.

只恐樓船與鐵馬.

一時都羨好揚州

（註）四鎮初建使劉澤清轄淮海駐淮安經略山東一路.高傑轄徐泗.駐徐州.經略開歸一路劉

良佐轄鳳壽駐壽州.經略陳杞一路黃得功轄滁和.駐廬州.經略光固一路.而史可法以閣部督

師駐揚州節制調遣之.此五月初八日史公奏請十五日得旨俞允者也.然傑兵時已抵揚州.揚

民畏其剽掠相率城守.傑攻城逾月.剽奪村庙婦女屠膾日以百數.及可法渡江誓師傑懍懍來

迎.可法撫之有恩禮.許傑駐瓜州.傑稍戢.傑最忌黃得功.得功嘗送其同姓一總兵赴任登萊.華

輕騎三百出高郵.傑疑其圖己.伏精騎中道邀擊之於土橋.得功三百騎盡歿.僅以身免又亡其

愛馬.得功愬於朝誓與傑決一死戰.可法命監軍萬元吉解之.不可.會得功有母喪.可法來弔.

親勸得功.又使監紀應廷吉說傑償其馬.且以千金爲黃母贐事乃解.後傑感可法義.遂聽調遣.

規取中原．

案．前齣所隷者爲土橋事．在甲申九月初一日此齣敍和解事．更在其後．本書悉歸諸五月．似誤．

又案前次執和解之役者爲萬元吉．後次爲應廷吉本書歸功侯方域皆借用耳．

第二十齣　移防

局已變．
勢難支
躊躇中夜少眠時．
自嘆經綸空滿紙．
　──本詞．

時間　明崇禎十七年甲申六月．

地點　揚州

人物　高傑

　　　衆雜．

　　　報卒──雜．

　　　史可法．

桃花扇註（上）

二六三

從人．──雜．

侯朝宗．

中軍．──丑．

布景　幕外

高傑（領衆執械上）

策馬欲何之．

策馬欲何之．

江鎮堅城．

弩射雄師．

且收兵．

且收兵．

占住這揚州市．──（錦上花）

俺高傑領兵渡江要搶蘇杭不料巡撫鄭煊操舟架礮堵住江口沒奈何又回揚州但不知黃劉三鎮此時何往

報卒（占）報上將軍黃劉三鎮會齊人馬南來迎敵前哨已到高郵了．

高　呵呀．不好了．南下不得北上又不能．好叫俺進退兩難．（想介）罷罷．還到史閣部轅門央他的老體而替俺解救罷．（行介）

速去乞恩慈．

速去乞恩慈．

空忝羞顏．

答對何辭．

這緣是．

這緣是．

自作孽天教死．——（錦上花）

內（喊介）高（領衆走下）幕開．

　布景　軍營轅門外置鼓．

　備用物　令箭．

史可法（從人上）

局已變．

勢難支．

躊躇中夜少眠時．

侯朝宗（上）
自歎經綸空滿紙．

史（向侯介）世兄你看高傑不辭而去三鎮又不遵軍法俺本標人馬為數無幾怎能守

史　得住江北眼看大事已去奈何奈何．

侯　聞得巡撫鄭瑄塔住江口高傑不能南下又回揚州來了．

史　那三鎮如何．

侯　三鎮知他退回會齊人馬又來迎敵前哨已到高郵了．

史　目前局勢更難處矣．

史（戀介）三百年事．

是何人掀翻到此．

隻手兒怎擎青天．

卻萊兵總仗虛詞．

合　煙塵滿眼野橫屍．

二六六

只倚揚州兵一枝．——（玉抱肚）

中軍　（傳鼓介）

雜　（問介）門外擊鼓，有何軍情．

中軍　將軍高傑領兵到轅求見元帥．

史　他果然來了，傳他進來看他有何說話．

（升帳開門，左右排列介）

高　（急跪上介）小將高傑擅離汛地，罪該萬死，求元帥開恩饒恕．

史　你原是一箇亂民，朝廷許你投誠，加封侯爵，不曾薄待了你，為何一言不合，
竟自反去．及至渡江，不得又投轅門，忽而作反，忽而投誠，把箇作反投誠當
做兒戲，豈不可恨．本該軍法從事，姑念你悔罪之速，暫且饒恕．

高　（叩頭起介）

史　（問介）你還有何說．

高　（又跪介）前日擅離汛地，只為不肯服禮，今三鎮知俺回來，又要交戰，小將雖強獨力
怎支遷望元帥解救．（向侯央介）侯先生替俺美言一句．

侯　你不肯服禮叫元帥如何處斷．

史　正是事到今日本帥也不能偏護了．

合　爭論坐次．動干戈不知進止．

高　他三家鼎足稱雄．

侯　你孤單危命如絲．

高　煙塵滿眼野橫屍．

侯　只倚揚州兵一枝．——（玉抱肚）

元帥不肯解救小將寧可碎首轅門斷不拜他下風．

你那黃金壜上威風那裏去了．

那時他沒帶人馬俺用全軍混戰因而取勝今日三家捲土齊來小將不得

不臨事而懼矣．

小生倒有箇妙計——只怕你不肯依從．

除了服禮都依都依．

目今流賊南下將渡黃河許定國不能阻擋連夜告急元帥正要發兵防河．

你何不奉命前往坐鎮開洛既解目前之圍又立將來之功他三鎮知你遠

去也不能與無名之師了．將軍以為何如

高（低頭思介）待我商量．

內（吶喊介）

史　城外殺聲震天．是何處兵馬．

中軍（報介）黃劉三鎮領兵到城要與高將軍廝殺哩．

高（懼介）這怎麼處只得聽元帥調遣了．

史　既然肯去速傳軍令曉諭三鎮（拔令箭丟地介）

中軍（拾令箭跪介）

史　高傑無禮本當軍法從事但時值用人之際又念迎駕之功暫且饒恕罰往關洛防河將功贖罪今日已離揚州三鎮各釋小嫌共圖大事速速回汛聽候調遣．

中軍　得令（下）

史（指高介）高將軍高將軍只怕你的性氣到處不能相安哩．

黃河難恃．

勸將軍謀終慮始．

那許定國也不是箇安靜的．

須提防酒前茶後．

軟刀槍怎鬮雄雌．

合　煙塵滿眼野橫屍．

　　只倚揚州兵一枝．──（玉抱肚）

侯　（向侯介）防河一事乃國家要著．我看高將軍勇多謀少儻有疏虞罪坐老夫仔

　　細想來──河南原是貴鄉吾兄日圖歸計路阻難行何不隨營前往既遂

　　還鄉之願又好監軍防河且爲桑梓造福豈非一舉而三得乎

　　多謝美意就此辭過元帥收拾行裝卽刻起程便了（註）

高　一同告辭罷（拜別介）

史　（向侯介）參謀此去便如老夫親身防河一般只恐勢局叵測須要十分小心老夫專

　　聽好音也正是

　　人事無常爭勝負．

　　天心有定管興亡．

　　（下）（吹打掩門侯高出介）

高　侯先生──你聽殺聲未息只怕他們前面截殺．

　　　　　　　　　　　　　　　　　　　二七〇

侯　無妨也他們知你移防．怒氣已消．自然散出的．況且三鎮之兵．俱走東路．我們點齊人馬宜出北門．從天長六合竟奔河南．有何阻擋

（衆兵旗仗伺候介）

高　就此起程．

（行介）

侯　鄉園繫思．

久斷平安字．

烏棲一枝．

鬱鬱難居此．

結伴還鄉．

白雲如馼．

逐了三年歸志．

高　統著全師．

煙城柳驛行參差．

莫逞舊雄姿．
函關偸度時．

合　揚州倒指
　　看不見平山蕭寺．

平山蕭寺——（朝元令）

高落日林梢照大旗．
侯從軍北去慰鄉思．
高黃河曲裏防秋將．
侯好似英雄末路時．

（註）侯方域依高傑防河事見買開宗胡介祉所爲傳．四憶堂詩集有贈高開府二首．但方域何以忽入高幕．或由史公推轂亦意中事．

同二十齣　閒話

無聊笑撚花、說：
處處鵑啼血

好花須映好樓臺

休傍秦關蜀棧戰場開．

★

倚欄極目渾無緒．

更對東風風語．

好風休簸戰旗紅．

早送鱸魚如雪過江東

—陳維崧

★

贗美人

時間 明崇禎十七年甲申七月十五日中元節．

地點 南京附近江邊村店．

人物 張薇（字瑤星錦衣衞堂官）——外．

藍瑛（字田叔畫師）——小生．

蔡益所（書買）——丑．

店主人——副淨．

雜

布景——江邊村店前豆棚一架.

備用物——白巾麻衣酒杯茶碟瓦鐙香爐香盒香案洗盆旛幢細樂乘輿.

張薇（扮老官人白巾麻衣包裹急上）

（內鳴金擂鼓吶喊介）

　　戎馬消何日

　　乾坤賸此身

　　白頭江上客

　　紅淚自沾巾

（立住大哭介）

藍瑛（扮山人背行李上）

　　日淡村煙起

　　江寒雨氣冰

蔡益所（扮買客背行李上）

　　年年經過路

　　離亂使人猜

藍（見蔡介）請了我們都是上南京的.天色將晚.快些起行

二七四

蔡　正是——兵荒馬亂江路難行．大家作伴纔好．（指張介）那箇老者爲何立住了脚只顧啼哭．

藍（問張介）老兄想是走錯了路失迷什麼親人了．

張（搖手介）不是．不是．俺是從北京下來的．行到河南遇著高傑兵馬．受了無限驚恐．剛得逃生渡過江來看見滿路都是逃生奔命之人．不覺傷心慟哭幾聲（掩淚介）

藍　原來如此．可憐可嘆．

蔡　既是北京下來的．俺正要問問近日消息．何不同宿村店．大家談談．

張　甚妙我老腿無力也要早歇哩．

藍（指介）這座村店稍有牆壁就此同宿了罷（讓介）請進．

張（同入介）

張（仰看介）好一架豆棚．

藍　大家放下行李便坐這豆棚之下．促膝開話也好．

（同放行李介）

店主人（上）村店新泥壁．

田家老瓦盆．

（問介）衆位客官還用晚飯麼．

衆　不消了．

藍　（向藍介）煩你買壺酒來．削瓜剝豆．我與二位解解困乏罷．

張　（向藍介）怎好取擾．

蔡　（向張介）四海兄弟卻也無妨．待用完此酒咱兩箇再回敬他．

店主　（取酒菜上）

（三人對飲介）

張　（問介）方纔都是路過．不曾請教尊姓大號．要到南京有何貴幹．

藍　在下姓藍名瑛字田叔是西湖畫士．特到南京訪友的（註一）（問張介）老

蔡　在下是蔡益所世代南京書客．纔從江浦索債回來的（註二）（問張介）老

張　兄是從北京下來的了．敢問高姓大名有甚急事這等猖狂．

蔡　（驚介）不瞞二位說下官姓張名薇原是錦衣衛堂官（註三）

藍　（問介）原來是位老爺失敬失敬．

蔡　（問介）爲何南來．

張　三月十九日流寇攻破北京．崇禎先帝縊死煤山．周皇后也殉難自盡．下官
走下城頭．領了些本管校尉．尋著屍骸．擡到東華門外買棺收殮．獨自一箇

二七六

藍　戴孝守靈．那舊日的文武百官那裏去了．

張　何曾看見一人．那時闖賊搜查朝官．逼索兵餉．將我監禁夾打．我把家財盡數與他．繞放我守靈戴孝別箇官兒走的走藏的藏或被殺或一身殉難或閉門死節．

藍　有這樣忠臣可敬可敬．

張　還有進朝稱賀做闖賊偽官的……

蔡　有這樣狗彘該殺該殺．

張（掩淚介）可憐皇帝皇后兩位梓宮丢在路傍竟沒人俯睞．

藍蔡（俱掩淚介）

張　直到四月初三日禮部奉了偽旨將梓宮撞送皇陵．我執旛送殯走到昌平州．虧了一箇趙吏目糾合義民捐錢三百串掘開田皇妃舊墳安葬當中下官就看守陵旁．早晚上香．誰想五月初旬大兵進關殺退流賊安了百姓替明朝報了大讐特差工部查寶泉局內鑄的崇禎遺錢發工料從新修造享殿碑亭門牆橋道與十二陵一般規模真是互古希有的事下官也沒等工完親手題了神牌寫了墓碑連夜走來報與南京臣民知道所以這般狼

藍　狠．

蔡　（問介）難得難得．若非老先生在京．崇禎先帝竟無守靈之人．

藍　（問介）但不知太子二王今在何處．

張　定永兩王並無消息．聞太子渡海南來．恐亦為亂兵所害矣．（抆淚介）

藍　（問介）聞得北京發書一封與閣部史可法．責備亡國將相不去奔喪哭主．又不請

張　兵報仇．史公答了回書．特著左懋第披麻扶杖前去哭臨．老先生可曉得麼．

張　下官半路相遇．還執手慟哭了一場的

　　（內作大風雷聲介）

店主　（掌燈急上）大雨來了．快些進房罷．

衆　（起以袖遮頭入房介）好雨好雨

張　天色已晚．下官該行香了．

蔡　（問介）替那箇行香．

張　大行皇帝未滿週年．下官現穿孝服．每早每晚要行香哭拜的．（取包裹出

　　香鑪香盒設几上介）（洗手介）（望北兩拜介）（跪上香介）大行

　　皇帝呀大行皇帝呀今日七月十五日孤臣張薇叩頭上香了

　　（內作大風雷不止介）

二七八

張　（伏地放聲大哭介）

藍　（呼蔡介）過來過來，我兩箇草莽之臣，也該隨拜舉哀的。

　　（藍蔡同跪陪哭介）（哭畢俱叩頭起又兩拜介）

藍　老先生遠路疲倦，早早安歇了罷。

張　正是，各人自便了。

　　（各解行李臥倒介）

藍　窗外風雨益發不住，明早如何登程。

張　老天的陰晴，人也料他不定。

蔡　（同介）請問老爺方纔說的那些殉節文武，都有姓名麼。

張　問他怎的。

蔡　我小鋪中要編成唱本傳示四方叫萬人景仰他哩，

張　好好，下官寫有手摺，易日取出奉送罷。

蔡　多謝。

藍　那些投順闖賊不忠不義的姓名，也該流傳叫人唾罵。

張　都有鈔本一總奉上。

蔡　更妙。

（俱作睡熟介．）

（內作眾鬼號呼介．）

張（驚聽介）奇怪奇怪窗外風雨聲中又有哀苦號呼之聲是何物類．

雜（扮陣亡屬鬼跳叫上）

張（隔窗看介）怕人怕人都是些沒頭折足陣亡屬鬼為何到此．

（眾鬼下．）

張（睡倒介）

（內作細樂警蹕聲介）

張（驚聽介）窗外又有人馬鼓樂聲待我開門看來．（起看介）

雜（扮文武冠帶騎馬旛幢細樂引導帝后乘輿上）

張（驚出外迎介）萬歲萬歲萬萬歲孤臣張薇恭迎聖駕

（眾下．）

張（起呼介）皇帝皇后何處巡遊我孤臣張薇不能隨駕了．（又拜哭介）

藍蔡（醒問介）天已發亮老爺怎的又哭起來想是該上早香了．

張（縱淚介）奇事奇事方纔睡去聽得許多號呼之聲隔窗張看都是些陣亡屬鬼．

藍 是了昨夜乃中元赦罪之期想是赴盂蘭會的

張　這也沒相干．還有奇事哩．

蔡　還有什麼奇事．

張　後來又聽的人馬鼓吹之聲．我便開門出看．明明見崇禎先帝同着周皇后乘輿束行引導的文武官員都是殉難忠臣前面奏着細樂排著儀仗像箇要昇天的光景我伏俯路旁送駕過去不覺失聲大哭起來．

藍　有這等異事先皇帝先皇后自然是超昇天界的也還是張老爺一片至誠所感故此特特顯聖

張　下官今日發一願心要到明年七月十五日．在南京勝境募建水陸道場修齋追薦並脱度一切冤魂二位也肯隨喜麼

蔡　老爺果能做此好事俺們情願搭醮

張　好人好人．到南京時或買萱或求畫不時要相會的．

蔡　正是．

藍　大家收拾行李前路作別罷．

（各背行李下介）

雨洗雞籠翠．　江行趁曉涼．

鳥嘵荒冢樹　槐落廢宮牆．

帝子魂何弱．　將軍氣不揚．

中原垂老別．　慟哭過沙場．

（註一）藍田叔詳第二十八齣．

（註二）蔡益所事蹟無考．

（註三）張薇詳第三十齣．